KB206635

명화로 보는

그리스
로마 신화

신의 분노

명화로 보는

그리스
로마 신화 신의 분노

초판 1쇄 발행 2015년 8월 26일
중판 2쇄 인쇄 2022년 4월 20일

지은이 | 토마스 불핀치
옮긴이 | 박지원
펴낸 곳 | 상상더하기
발행인 | 노은희

등록 | 제2004-000288호
주소 | 경기도 파주시 문발로 115, 107호
전화 | 02-334-7048
팩스 | 02-334-7049
전자우편 | ysc9338@hanmail.net
ISBN 979-11-85462-12-7 03840

명화로 보는

그리스
로마 신화

토마스 불핀치 **지음**

신의 분노

서론

introduction

　최근 인문학 바람이 불고 있습니다. 인문학을 배우자, 인문학을 읽자는 분위기가 대중을 휩쓸고 있습니다. 그러면서 인문학 서적이 불티나게 팔렸습니다. 특히 가을이 다가오면서 손에 손에 '인문학'이라는 타이틀을 가진 서적 한 권씩 들려 있는 모습이 자주 보입니다. 인문학을 쉽고 재미있게 알아보자는 취지의 도서들이 넘쳐납니다. 사실 인문학이란 것이 무엇인지도 잘 모른 채 그저 유행에 따라 인문학, 인문학 중얼거리는 사람들도 많습니다. 인문학이란 무엇일까요?

　간단히 말하면 우리 자신 본연의 것을 배우는 학문이라고 할 수 있겠지요. 바로 인간을 배우는 학문, 영어로는 'humanities'라고 일컫습니다. 그런데 최근의 인문학 열풍은 왠지 인문학계의 한 사람으로서 그리 달갑게 느껴지는 것만은 아닙니다. 혹자는 '인문학팔이'라며 호도하기도 하기 때문이지요. 인간의 본연을 배우는 학문이라니 매우 무겁고, 재미없는 학문으로 보이지 않습니까? 그런데 그것을 쉽고 가볍게 다루고 있는 것 같아 서글퍼지는 약간의 피해의식같은 것일지도 모르겠군요.

　가볍고 쉽게 인문학을 접하는 것도 사실 나쁘지는 않습니다. 어차피 인문학 전문가나 철학가나 종교가가 되지 않는 이상 깊이보다는 마음의 움직임에 중점을 두고 작으나마 인생에 긍정적인 변화를 줄 수 있다면 그것이 나쁘다고는 할 수 없겠죠. 하지만 좀 더 근본적인 인문학적 접근은 어떨지요. 정통의 인문학을 먼저 배워보자는 것입니다. 선인들이 남긴 훌륭한 문장들과 사상 등을 우선 읽고 배워보자는 것입니다.

　고전이라고 하면 마치 고루하고 따분한 것으로 치부되고는 합니다. 사실 접해보면 그렇지도 않은데, 과거의 말들이 지금의 말과 다르기 때문이기도 하겠지요. 그래서 이러한 시대적 흐름에 맞게 현대인들이 쉽게 고전을 읽고 배울 수 있도록 노력하고 있습니다.

토마스 불핀치는 평소 고전에 관심이 많았던 미국의 작가입니다. 미국인들에게 서구 문명의 근원을 배울 수 있게 하기 위해 유럽의 고대 신화를 영어로 쓰게 된 것이지요. 그리스 · 로마 신화에는 미술과 문학, 철학 등 그리스 문명을 바탕으로 하는 모든 서양의 문명이 깊이 스며들어 있습니다.

토마스 불핀치의 『그리스 로마 신화』는 출간되자마자, 선풍적인 반향을 일으키며 베스트셀러 반열에 올랐습니다. 그 후에 전 세계로 번역되어 알려지면서, 현재까지도 세계에서 널리 읽히는 책 중의 하나가 되었지요. 우리나라에는 처음에 『신화의 시대』(The Age of Fable)라는 제목으로 알려졌습니다. 물론 우리나라에서도 여전히 오랫동안 읽히는 책이 되었지요.

『그리스 로마 신화』를 읽고, 고대의 서양 문명과 사상의 세계에 빠져보는 것은 어떨까요? 또, 그것을 통해 인간 본연의 모습을 돌아보고 앞으로 나아갈 방향을 그려보는 계기를 만들어보는 것도 좋겠습니다. 『명화로 보는 그리스 로마 신화』는 그러한 목표를 가지고 번역하고 기획하였습니다. 토머스 불핀치의 글을 완역하면서도 좀 더 쉽고 재미있게 읽을 수 있도록 하였습니다.

2015년 여름

차례
contents

술의 신 디오니소스

제우스와 세멜레 사이에서 디오니소스라는 아들이 태어났다. 헤라는 아들까지 낳은 세멜레를 향한 질투에 휩싸여 그녀를 죽일 음모를 꾸몄다. 헤라는 세멜레의 늙은 유모 베로에의 모습으로 변신하고는, 그녀의 애인이 정말 제우스인지 아닌지 의심하도록 하기 위해 탄식을 하면서 말했다.

"진실이 밝혀지기를 바라면서도 두려움을 금할 수 없습니다. 원래 사람들은 스스로 말하는 것과 같지 않은 경우가 많답니다.

그가 정말 제우스라면 증거를 보여달라고 하십시오. 하늘에서 하는 것처럼 휘황찬란한 차림을 하고 오도록 부탁하십시오. 그렇게 하면 진실의 여부를 알 수 있을 것입니다."

그 말을 들은 세멜레는 유모의 말처럼 진실을 알고 싶었다. 먼저 그녀는 무엇인지 밝히지 않은 채 하나의 부탁을 들어달라며 제우스에게 말했다. 제우스는 들어주겠다고 약속을 하며 신들도 두려워하는 스틱스 강의 신을 증인으로 내세웠다. 그제야 세멜레는 부탁이 무엇인지 말했다.

제우스는 그녀의 말을 듣자마자 도중에 제지하려고 했으나 그럴 사이도 없이 그녀의 말이 끝났다. 제우스는 깊은 고뇌에 잠긴 채 그녀와 이별하고 하늘로 돌아갔다.

제우스는 휘황찬란한 몸차림을 했지만 거인족을 멸망시킬 때와 같은 중무장이 아니라 가벼운 무장을 했다. 이렇게 차리고서 약속을 지키기 위해 세멜레의 방에 들어섰다. 그러나 인간인 그녀는 신의 광휘를 감내할 수 없었으므로 곧장 불타 재가 되었다.

제우스는 젖먹이인 디오니소스를 니사 산의 님프들에게 맡겼다. 이 님프들은 소년이 될 때까지 양육하였고, 그 보수로 히아데스 성좌가 되었다.

디오니소스는 훌륭히 성장했고 포도 재배법과 그 과즙을 짜내는 법을 발견했다. 그러나 헤라가 그를 미치게 만들어 지상의 여러 나라를 돌아다니는 방랑객이 되었다. 그러다가 프리기아에 이르렀을 때, 여신 레아가 그의 광기를 치료해주었다. 그 후 아시아 이곳저곳을 편력하며 주민들에게 포도 재배법을 가르쳐주었다. 그의 편력 중 가장 유명한 일은 수년간 계속된 인도 원정이었다.

몇 년 후 귀국한 그는 그리스에다 자기의 신앙을 펴려고 했으나, 이에 반대하는 군주들에 의해서 저지되었다. 무질서하고 광적인 군중들이 모이는 것 때문에 그 포교를 두려워한 것이다. 그가 테베 시 근처까지 왔을 때, 국왕 펜테우스는 의식 집행을 금지하려 했다.

그러나 디오니소스가 온다는 것이 알려지자 남녀노소 불문하고 그를 만나고 싶어 구름과 같이 모였다. 펜테우스가 아무리 명령하고 위협해도 허사였다. 화가 난 그는 시종들에게 말했다.

"가서 소란을 피우는 군중 가운데 있는 그 방랑자를 잡아오너라. 자신이 하늘 태생이라고 주장하지만, 나는 그것이 거짓임을 밝히고 그의 거

Hans von Aachen_바쿠스(디오니소스)와 케레스, 그리고 큐피드

짓 신앙을 버리도록 하겠다."

펜테우스의 친구들과 현명한 고문관들이 신에게 반항하지 말도록 간언했으나 듣지 않았다. 오히려 왕의 노여움을 점점 부채질하는 결과가 되었다.

디오니소스를 잡아오라고 보낸 부하들이 돌아왔다. 그들은 디오니소스의 신자들에 의해서 쫓겨났으나, 다행히도 한 사람을 포로로 잡아 뒤로 결박시켜 왕 앞에 데리고 왔다.

펜테우스는 분노에 넘치는 안색으로 바라보면서 말했다.

"이놈, 너는 당장 처형될 것이다. 지체 없이 너를 처형하고 싶으나, 그전에 몇 가지 물어 볼 것이 있다. 너의 이름은 무엇이며, 너희가 거행한다고 하는 새로운 의식이란 어떤 것인지 말하라."

잡혀온 신자는 두려운 기색도 없이 대답했다.

"저의 이름은 아케테스이고 고향은 마이오니아입니다. 저의 아버지는 가난하여 유산이라고는 땅 한 뙈기, 양 한 마리 남기지 않고, 낚싯대와 그물과 고기잡이 가업만을 물려주었습니다. 저는 가업을 이었으나 언제나 한 장소에 머무르고 있는 것에 싫증이 나서 수로 안내인의 기술을 익혀, 별을 보고 항로을 안내할 수 있게 되었습니다.

델로스로 항해하던 중 디아 섬에 기항하게 되어 상륙했습니다. 다음 날 아침 마실 것을 구하러 선원들을 보낸 후에 저는 바람의 방향을 관찰하려고 낮은 언덕에 올라갔습니다. 그때 선원들이 아름다운 모습의 소년을 데리고 왔습니다. 잠들어 있었던 소년을 보고 선원들은 뜻밖의 횡재라고 좋아했습니다. 이 소년이 고귀한 신분일지도 모르며 몸값을 받을 수 있을 것이라고 생각했기 때문입니다.

저는 소년의 옷차림과 걸음걸이와 얼굴을 살펴봤습니다. 그리고 인간

13

과 다른 어떤 점이 있음을 느꼈습니다. 저는 선원들에게 말했습니다.

'소년의 몸 안에 어떠한 신이 숨어 있을지도 모를 일입니다. 아니, 분명 신이 있을 것입니다. 관대하신 신이여, 저들이 당신에게 가한 폭행을 용서하십시오. 그리고 저희들이 하는 일이 성공하도록 해주십시오.'

돛대에 오르기와 줄을 타고 내려오는 데 명수인 딕티스와 키잡이 멜란토스와 선원들이 구호를 부를 때 지휘하는 에포페우스 등은 이구동성으로 '제발 기도는 그만두시오' 하고 소리쳤습니다.

탐욕이 그들의 눈을 어둡게했던 것입니다. 그들이 소년을 배에 태우려고 할 때 저는 다음과 같이 말했습니다.

'이 배를 불경스럽게 더럽히면 안 된다. 이 배에 대해서는 나에게도 권리가 있다.'

그러나 리카바스는 난폭하게 저의 멱살을 잡아 채 배 밖으로 내던지려고 했습니다. 저는 줄에 매달려 겨우 목숨을 건졌습니다만, 다른 자들은 보기만 할뿐 그의 행위를 저지하려고 하지 않았습니다.

그러자 디오니소스(그 소년이 사실 디오니소스였습니다)는 졸음을 뿌리치는 것처럼 부르짖었습니다.

'당신들은 나를 어떻게 하려는 거요? 무엇 때문에 싸우고 있소? 누가 나를 이곳에 데리고 왔소? 대체 나를 어디로 데리고 가려고 하는 거요?'

그들 중의 한 사람이 말했습니다.

'걱정할 것 없다. 네가 가고 싶은 곳을 말하라. 우리가 너를 그곳에 데려다주마.'

디오니소스는 말했습니다.

'내 집은 낙소스요. 그곳으로 데려다주오. 후하게 사례하겠소.'

그들은 데려다주겠다고 약속했습니다. 그리고 저에게 배를 낙소스로 향하게 하라고 명령했습니다. 낙소스는 오른쪽으로 키를 돌려야 합니다. 그러자 어떤 자는 눈짓으로, 다른 자는 귓속말로 저 애를 이집트로 데리고 가서 노예로 팔 작정이니 배를 반대 방향으로 돌리라고 했습니다. 저는 당황하여 말했습니다.

'나는 배를 몰지 못하겠으니, 다른 사람을 시키시오'

저는 그들의 음모에 가담하지 않았습니다. 그들은 저에게 욕설을 퍼부었고, 저 대신 안내역을 맡아 배를 낙소스 쪽이 아닌 반대 방향으로 돌렸습니다.

그때서야 디오니소스는 그들의 배반을 알아차리고 바다를 바라보며 울먹이는 소리로 말했습니다.

'이곳은 당신들이 나를 데려다준다고 약속한 해안이 아니오. 저 섬은 우리 집이 있는 곳이 아니오. 내가 무슨 죄를 지었기에 이런 짓을 하는 거요? 가여운 아이를 속여 얻는 명예로울 것이 무엇이오?'

저는 이 말을 듣고 울었습니다. 그러나 선원들은 우리를 비웃고 배의 속도를 올렸습니다. 한데 갑자기―이상한 일이지만 사실이었습니다― 배가 바다 한가운데서 좌초한 것처럼 움직이지 않았습니다. 선원들은 놀라 노를 잡아당기기도 하고 돛을 펴기도 하며 배를 움직이려고 애썼으나 모두 허사였습니다. 무거운 열매가 열린 담쟁이가 노와 돛 위에 달라붙었습니다. 열매가 줄줄이 달린 포도덩굴이 돛대 위에 뻗어 오르고 뱃전에 엉겼습니다. 피리 소리가 들리고 향기로운 술 냄새가 사방에 풍겼습니다.

비로소 디오니소스가 포도잎사귀로 된 관을 쓰고 손에 담쟁이가 엉킨 창을 들고 본래의 모습을 드러냈습니다. 별들이 그의 발밑에 웅크리고, 형형색색의 스라소니와 얼룩무늬의 표범이 그의 주위에서 놀고 있었습니다.

선원들은 공포에 사로잡히기도 하고 미치기도 했습니다. 어떤 사람은 물속으로 뛰어들었습니다. 다른 사람들도 그 뒤를 따르려고 하다가 먼저 들어간 동료들의 몸이 평평하게 되고 끝에는 구부러진 꼬리가 난 것을 보았습니다. 한 사람이 부르짖었습니다. '이 무슨 일인가?' 그가 말하는 순간 그의 입은 넓어지고 콧구멍은 커지고 온몸이 비늘로 덮였습니다. 다른 사람이 노를 저으려고 하니 손이 오그라들고 얼마 가지 않아 손이 아니라 지느러미가 되었습니다. 또 다른 사람은 팔을 들어 줄을 잡으려 했으나 팔이 없어졌음을 발견하고 몸을 구부려서 바다로 뛰어들었습니다. 이제까지 그의 다리였던 것은 초승달 모양을 한 꼬리의 두 끝이 되었습니다.

모든 선원들은 돌고래가 되어 배의 주위를 헤엄쳐다녔습니다. 수면에 뜨기도 하고 가라앉기도 하고 물보라를 사방에 뿌리기도 하고, 넓은 콧구멍으로 물을 뿜기도 했습니다.

선원 중에서 저 혼자만 남았습니다. 공포에 떠는 저를 디오니소스가 위로해주었습니다.

'걱정 마시오. 배를 낙소스로 돌리시오.'

저는 복종했습니다. 그리고 그곳에 도착하였을 때, 저는 제단에 불을 밝히고 디오니소스 제전을 거행하였습니다."

펜테우스는 부르짖었다.

"어리석은 이야기를 듣노라고 시간을 너무 허비했다. 저놈을 데리고 가서 속히 처형하라."

아케테스는 감옥 속에 갇혔다. 그러나 형리들이 처형에 쓰는 도구를 마련하고 있는 동안에 감옥 문이 저절로 열리고 그를 묶었던 쇠사슬이 풀려 도망하였다. 펜테우스의 부하들이 그를 찾아보았으나, 그를 어디서도

Michelangelo Merisi da Caravaggio_디오니소스(바쿠스)

찾을 수 없었다. 이런 일이 있어도 펜테우스는 반성하는 빛이 없었다.

이제 펜테우스는 자신이 직접 제전의 광경을 봐야겠다고 결심했다. 키타이론 산은 신자들로 가득 차 있었다. 바카이들의 부르짖음이 사방에 울려 퍼졌다. 그 광경은 펜테우스의 분노를 불러일으켰다. 마치 나팔 소리가 군마를 흥분시키는 것과도 같았다. 그는 숲 속으로 들어가서 제전의 중심부가 있는 넓은 곳에 도착했다. 그곳에 있던 부인들이 그를 보았다. 그중의 한 명은 디오니소스의 열성적인 신자이며 펜테우스의 어머니인 아가우에였다. 아들을 발견하자마자 그녀는 소리쳤다.

"여기 산돼지가 있소. 이 숲 속을 휩쓸고 다니는 것이 바로 저 커다란 괴물이오. 여러분, 이리로 오십시오! 내가 제일 먼저 저 산돼지를 잡으렵니다."

군중은 산돼지로 보이는 펜테우스를 향해 돌진했다. 펜테우스는 거만한 태도를 버리고 겸손하게 빌기도 하고 변명하기도 하고 죄를 자백하기도 하고 용서를 빌기도 했으나 사람들은 멈추지 않았다. 부하들을 불러 어머니를 막아달라고 울부짖었지만 소용없었다. 그의 두 아주머니 아우토노에와 이노가 양팔을 하나씩 잡았다. 그리고 그의 몸뚱이는 토막토막 잘렸다. 그러자 펜테우스의 어머니가 외쳤다.

"승리다, 승리! 우리가 승리했다. 그 영광은 우리의 것이다."

펜테우스의 조각난 몸이 지켜보는 가운데 디오니소스의 신앙은 그리스에 정착될 수 있었다.

디오니소스의 신부, 아리아드네

미노스 왕의 딸 아리아드네는 테세우스가 미궁에서 탈출할 수 있게 도와주었다. 그녀는 탈출한 테세우스와 같이 고향을 떠나 낙소스 섬에 왔으나 배은망덕한 테세우스는 그녀가 잠든 사이에 그대로 그녀를 남겨 두고 귀국길에 올랐었다.

아리아드네는 잠에서 깨어 버림받은 것을 알고 슬픔에 잠겼다. 그런 그녀를 불쌍히 여긴 아프로디테는 인간 대신에 신을 애인으로 내려줄 것을 약속했다.

아리아드네가 버림받은 곳은 디오니소스가 좋아하는 섬으로, 티르레니아 선원들이 그를 포박하였을 때 데려다 달라고 애원했던 바로 그 섬이었다. 아리아드네가 자신의 운명을 한탄하고 있을 때 그녀를 발견한 디오니소스는 자기의 아내로 삼았다.

그는 결혼 선물로 그녀에게 보석으로 장식된 금관을 주었다. 후에 그녀가 죽자 금관을 손에 쥐고 공중으로 던졌다. 금관은 하늘로 올라가면서 더욱 광휘를 발휘하더니 별로 변했다. 그리고 아리아드네의 금관은 그 원형을 유지하면서 무릎을 꿇은 헤라클레스와 뱀을 쥐고 있는 그 부

john vanderlyn_아리아드네

하 사이에 있는 별자리가 되어 하늘에서 빛나고 있다.

전원의 신들

판

판은 삼림과 들의 신이자 양떼와 양치기의 신이다. 작은 동굴 속에 살면서 산이나 계곡에서 수렵을 하거나 님프들에게 무용을 지도하는 일을 즐겼다. 음악을 좋아하고 시링크스라는 양치기의 풀피리를 발명했다.

숲 속을 통과해야 할 사람들은 판을 두려워했다. 숲의 어둠과 적막은 사람들에게 공포를 느끼게 했기 때문이다. 이로부터 아무런 명백한 원인 없는 갑작스러운 공포를 '판의 공포'라고 부른다.

이 신의 이름인 판은 '모든'이라는 뜻이 있어 우주의 상징, 자연의 화신으로 여겨진다. 그리고 더 후세에 가서는 모든 신과 이교 자체의 대표로 생각하였다.

실바누스와 파우누스는 로마의 신이었는데, 그들의 성격은 판과 흡사했으므로, 그들을 동일 신의 서로 다른 이름이라고 보아도 무관할 것이다.

숲에 사는 님프는 시내와 샘을 지배하는 나이아스라는 님프들과 산과 동굴의 님프인 오레이아스와 바다의 님프인 네레이드가 있었다. 이 세

Jacob Jordaens_님프들에게 벌받고 있는 판

부류의 님프들은 불사였으나, 드리아스나 혹은 하마드리아스라고 부르는 숲의 님프들은 그녀들과 동시에 출생한 수목이 죽으면 따라서 죽는다고 믿었다. 따라서 수목을 함부로 베는 것은 경건하지 못한 행위에 속했으며, 극단적인 경우에는 엄벌을 받았다.

에리식톤

에리식톤은 불경한 자이며 신을 경멸하는 자이다.

케레스에게 바쳐진 숲 속에는 참나무가 한 그루 서 있었는데, 어찌나 큰지 그 한 그루가 숲처럼 보일 정도였다. 오래된 그 줄기는 높이 솟아 위에는 봉헌된 꽃다발이 걸려 있었고, 또 나무의 님프에 대한 기원자들의 감사의 표시가 아로새겨져 있었다.

숲의 님프 하마드리아스들은 손에 손을 잡고 그 주위에서 춤을 추었다. 그 나무의 둘레는 15큐빗이나 되었고 다른 나무보다 높게 솟아 있었다. 그럼에도 불구하고 에리식톤은 꼭 그 나무만을 베어서는 안 될 이유가 없다는 이유를 들어 하인들에게 베도록 명령했다. 주저하는 하인들 중 한 사람의 도끼를 빼앗으며 불경스럽게 소리쳤다.

"신이 총애하던 나무든 아니든 상관없다. 설령 여신이라 할지라도 내 길을 막는다면 베어버리겠다."

그가 도끼를 들었을 때, 참나무는 몸을 떨고 신음소리를 내는 것 같았다. 최초의 일격이 나무줄기에 가해지자 피가 흘러내렸다. 보고 있던 사람들은 공포에 떨었다. 그중 한 사람이 용기를 내어 위험한 도끼질을 중지할 것을 간언했다.

에리식톤은 경멸하는 눈초리로 노려보며 말했다.

"너의 그 믿음의 대가를 받아라."

말이 끝나기가 무섭게 나무를 찍으려던 도끼가 말리던 그의 몸으로 향했고 결국 머리를 베어버렸다.

그때 참나무 속에서 소리가 들려왔다.

"이 속에 살고 있는 나는 케레스의 총애를 받고 있는 님프다. 지금 네

손에 죽지만 꼭 복수를 할 테니 그리 알아라."

그래도 그는 도끼질을 멈추지 않았다. 마침내 나무는 도끼에 찍히고 줄로 당겨져 요란한 소리를 내며 쓰러졌다. 숲의 대부분이 그 밑에 깔려 같이 쓰러졌다.

하마드리아스들은 숲의 긍지이기도 한 거목이 베어진 것을 보고는 놀라, 상복을 입고 케레스에게 몰려가서 에리식톤에게 벌을 내려주기를 간청하였다. 여신이 승낙의 표시로 머리를 끄덕거렸을 때, 들판에 익은 곡식들도 머리를 움직였다―케레스는 곡물의 여신이었다―. 여신은 에리식톤에게 벌 받아 마땅하다고 여기는 사람조차도 동정의 마음을 갖지 않을 수 없을 만큼 무서운 형벌을 내리려고 계획했다. 그 형벌이란 다름이 아니라, 기아의 여신에게 그를 인도하는 것이었다. 케레스 자신은 기아의 여신에게 접근할 수 없었으므로―운명의 신이 그들의 접근을 금했다― 산의 님프 오레이아스를 불러서 다음과 같이 말했다.

"눈이 덮인 스키타이에서 멀리 떨어진 곳이 있는데 그곳은 수목조차 없는 적막한 불모의 땅이다. 그곳에는 한기, 공포, 전율, 기아가 살고 있다. 가서 '기아'에게 에리식톤의 창자를 점령하라고 일러라. 또한 어떠한 유혹에도 넘어가지 말고 꿋꿋이 '기아'의 지조를 지키라고 일러라.

멀다고 놀라지 마라―리모스(기아)는 아주 먼 곳에 살고 있었다―. 나의 이륜차를 타고 가거라. 그것을 끄는 용들은 빨리 달리고 고삐가 움직이는 대로 잘 따르므로, 공중을 날아 잠시 후면 목적지에 도착할 것이다."

케레스는 고삐를 오레이아스에게 주었다, 오레이아스는 이륜차를 몰아 바로 스키타이에 도착하였다. 카프카스 산에 도착하자, 용을 멈추었다. 그리고 '기아'가 이빨과 발톱으로 돌이 많은 들판에서 얼마 남지 않은 풀을 뜯고 있는 것을 발견하였다. 그녀의 머리카락은 거칠고, 눈은 움푹 패이고 얼굴과 입술은 창백하고 먼지에 덮힌 몸은 수척하여 피골이 상접해 있었다.

오레이아스는 그녀를 보고 감히 가까이 갈 용기가 나지 않았다. 멀리 떨어져 케레스의 명령을 전했다. 아주 잠시 동안, 될 수 있는 대로 멀리 떨어져 있었는데도, 오레이아스는 기아를 느끼기 시작했다. 얼른 용의 머리를 돌려 테살리아로 돌아왔다.

'기아'는 케레스의 말에 따랐다. 공중을 달려서 에리식톤의 집에 도착하자 침실로 몰래 들어가서 그가 자고 있는 것을 보았다. 여신은 그를 자기의 날개로 싸고 자신의 숨결을 몸속에 불어넣고, 혈관 속에 독을 넣었다. 임무를 마친 그녀는 풍요의 나라를 떠나서 자기가 살던 곳으로 돌아갔다.

에리식톤은 그때까지도 잠을 자고 있었는데 꿈속에서도 먹을 것을 갈망했고, 마치 무엇을 먹고 있는 것처럼 턱을 움직이고 있었다. 잠을 깨니 견딜 수 없을 정도로 배가 고팠다. 할 수 있다면 1분도 지체함이 없이 땅에서 나는 것이든, 바다에서 나는 것이든, 공중에서 나는 것이든 간에 무엇이든지 먹을 수 있는 것은 입에 넣고 싶었다.

먹으면서도 배고픔을 한탄했다. 한 도시나 국민이 다 먹어도 족할 만큼을 먹었는데도 만족할 수 없었다. 먹으면 먹을수록 더 먹고 싶었다. 그의 배고픔은 모든 냇물을 받아삼켜도 차지 않는 바다 혹은 앞에 쌓여 있는 모든 연료를 다 태워버리고도 더 탐내는 불과도 같았다.

그의 재산은 끊임없는 식욕 때문에 급작스레 줄어들었다. 그러나 그의 기아는 조금도 줄지 않았다. 마침내 모든 재산을 다 탕진하고 딸 하나만이 남았는데, 그녀의 딸은 에리식톤의 딸이라고 생각되지 않을 만큼 훌륭했다. 그러나 그는 그 딸마저 팔아버렸다.

그녀는 노예로 팔리게 된 자신의 운명을 받아들이지 않고, 해변에 서서 포세이돈에게 기도를 올렸다. 포세이돈은 그녀의 기도를 들어주었다. 그러자 그녀의 새 주인이 가까이서 그녀를 보고 있는데도 그녀의 모습을 순식간에 바꿔 어부의 모습이 되게 하였다. 그녀의 주인은 그녀를 찾다가 어부로 변한 그녀를 보고서 말을 걸었다.

RUBENS, Pieter Pauwel_데메테르(케레스)와 포세이돈(넵투누스, 넵튠)과 트리톤(Triton)

"여보시오, 어부. 방금까지 이곳에 있었던 처녀는 어디로 갔소? 머리카락은 헝클어지고 허술한 옷을 입고, 당신이 서 있는 근처에 서 있었던 처녀요. 바른 대로 알려주시오. 그래야 운수가 좋고 고기도 잘 잡히리다."

처녀는 자기의 소원이 받아들여진 것을 알았다. 그녀는 그 질문을 듣고 내심 기뻐했다. 처녀는 대답했다.

"미안하오. 나는 일에 열중하고 있었기 때문에 아무것도 보지 못했소. 그러나 이 얼마 동안은 나 외에는 여자고 남자고 간에 아무도 이곳에 없었음을 맹세하오. 내 말이 거짓이라면 고기 한 마리 잡히지 않아도 좋소."

주인은 이 말을 듣고 노예가 도망간 줄 알고 떠나갔다. 그리고 그녀는 자기 모습으로 되돌아왔다.

에리식톤은 딸이 그대로 있는데도, 그녀를 팔아 돈을 얻은 것에 기뻐했다. 그는 다시 또 딸을 팔았다. 그리고 그녀는 팔릴 때마다 포세이돈의 호의에 의해서 변신하였다. 말이 되기도 했고, 새가 되기도 했으며 소가 되기도 했고, 사슴이 되기도 하여 자신을 산 사람으로부터 달아나서 집으로 돌아왔다.

이와 같은 비열한 방법으로 굶주린 아비는 먹을 것을 얻었다. 그러나 그렇게 해도 허기를 면할 수 없어 마침내는 자기의 사지를 먹지 않을 수 없게 되었으며, 자기의 아직 남아 있는 몸을 먹음으로써 허기를 면하려 하였다. 케레스의 복수가 그를 죽음으로 몰아갈 때까지 그 고통은 계속되었다.

로이코스

하마드리아스들은 자기들에게 해를 끼친 자를 벌하는 동시에 은혜에 보답할 줄 알았다. 로이코스의 얘기가 이를 입증한다.

로이코스는 우연히 참나무가 넘어지려고 하는 것을 보고서 하인들을 시켜 버팀목으로 버티게 했다. 나무가 넘어져 죽을 뻔했던 님프가 와서 목숨을 보전해준 것에 대해서 감사를 표하고, 무엇이든 소원이 있으면 말하라고 했다.

로이코스가 대담하게 사랑을 요구하였더니 님프는 승낙했다. 동시에 그녀는 앞으로도 나무를 사랑하는 마음이 변함없기를 부탁하며 벌을 전령으로 보내 만나도 좋을 때를 알려줄 것이라고 말했다.

얼마후 로이코스가 장기를 두고 있을 때 벌이 왔는데, 그는 옛 약속을 잊고 그것을 쫓아버렸다. 님프는 분노하여 로이코스를 장님으로 만들었다.

물의 신들

포세이돈

    포세이돈은 물의 신들의 지배자
였다. 그의 상징은 삼지창이었는
데, 그는 이것을 가지고 암석을 분
쇄하기도 했고, 폭풍우를 불러내거
나 가라앉히기도 했고, 해안을 흔
들어 움직이기도 했다. 포세이돈은
경마의 수호신이기도 했는데 그가
창조해낸 말들은 놋쇠 말굽과 금
빛 갈기를 가졌다. 말들은 그의 앞
에서 순종적이었고 괴물들은 그가
지나가는 주위에서 날뛰며 놀았다.

포세이돈 상

암피트리테

암피트리테는 포세이돈의 아내이다. 그녀는 네레우스와 도리스의 딸이었고, 트리톤의 어머니이다. 포세이돈은 암피트리테에게 청혼할 때 돌고래를 타고 가서 그녀의 마음을 얻을 수 있었다. 후에 포세이돈은 결혼을 도와준 돌고래를 별자리들 사이에 있게 하여 은혜에 보답했다.

암피트리테 상

네레우스와 도리스

네레우스와 도리스는 네레이드라고 일컫는 바다의 님프의 부모이다. 네레이드 중에 가장 유명한 것은 암피트리테와 아킬레우스의 어머니인 테티스와, 외눈박이 거인족의 한 사람인 폴리페모스에게 사랑을 받았던 갈라테이아였다.

네레우스는 해박한 지식이 있고 진리와 정의를 사랑하는 것으로 유명했는데 그가 장로라고 불린 것도 그 때문이다. 또 예언의 능력도 있었다.

트리톤과 프로테우스

트리톤은 포세이돈과 암피트리테의 아들이다. 그리고 시인들은 그를 아버지 포세이돈의 나팔수라고 생각하였다. 프로테우스도 포세이돈의 아들이다. 그도 네레우스와 같이 지혜가 있고 미래를 알았기에 바다의 장로라고 불렸다. 그의 특유한 능력은 자기 모습을 마음대로 변형시킬 수 있는 것이었다.

테티스

테티스는 네레우스와 도리스의 딸이었는데, 대단히 아름다워 제우스가 구혼했을 정도였다. 그러나 제우스는 거인족인 프로메테우스로부터 테티스가 아버지보다도 위대한 아들을 낳으리라는 말을 듣고 구혼을 중지하고 테티스를 인간의 아내가 되도록 배려했다.

그래서 테살리아의 왕 펠레우스가 켄타우로스인 케이론의 도움을 받아 테티스를 신부로 맞는 데 성공했다. 그들의 아들이 유명한 아킬레우스였다. 트로이 전쟁을 얘기할 때 우리는 테티스가 충실한 어머니로서 아들을 모든 곤란에서 돕고 시종일관 아들을 위해 진력했음을 알고 있다.

레우코테아와 팔라이몬

이노는 카드모스의 딸이고 아타마스의 아내였는데, 남편이 미치자 어린 아들 멜리케르테스를 팔에 안고 도망쳐 절벽에서 바닷속으로 뛰어들었다. 신들은 불쌍히 여겨 그녀를 바다의 여신으로 만들어 레우코테아라는 이름을 부여했으며, 아들은 팔라이몬이라는 신이 되게 했다. 두 사람 모두 난파선을 구하는 힘을 가진 것으로 생각되어 선원들의 기원을 받았다.

팔라이몬은 보통 돌고래를 타고 있는 모습으로 표현되었다. 이스트미아 경기(고대 그리스에서 열렸던 경기 대회 중 하나)는 그의 명예를 위해서 거행되었다. 그는 로마 사람들에 의해 포르투누스라고 불리게 되었고, 항구와 해안을 지배했다.

카메나이

로마 사람들은 무우사(뮤즈) 여신들을 카메나이라고 불렀다. 그러나 이 밖의 다른 신들, 주로 샘의 님프들도 카메나이에 포함시켰다. 에게리아는 그 님프들 중의 하나로서 그녀의 샘과 동굴은 아직도 남아 있다.

전하는 바에 의하면 로마의 두 번째 왕인 누마는 이 님프의 사랑을 받고 종종 밀회를 하였다. 그때 그녀는 그에게 지식과 법을 가르쳐주었으며, 그는 이것을 그의 신흥국가의 여러 제도에 구현했다고 한다. 누마가 죽은 후에 그 님프는 날로 야위어져 샘으로 변해버렸다.

바람의 신들

별로 대단치 않은 것들도 인격화되었으므로, 바람도 그러하였으리라는 것은 쉽게 상상할 수 있다.

보레아스 혹은 아킬로는 북풍이요, 제피로스 혹은 파보니우스는 서풍이다. 노트스 혹은 아우스테르는 남풍이고, 에우로스는 동풍이다.

시인들이 읊은 것은 주로 앞의 둘로서, 전자는 난폭함의 전형으로, 후자는 온화함의 전형으로 읊어졌다.

보레아스는 님프 오리티이아를 사랑하여 애인 노릇을 하려고 했으나 실패했다. 조용히 숨을 쉰다는 것이 그에게는 곤란한 일이었고, 탄식한다는 것은 더욱 불가능했다.

아무리 노력해도 성과가 없는 데 지친 그는 마침내 본성을 드러내어 오리티이아를 납치했다. 그들 둘 사이에서 태어난 아들이 날개 돋친 무사로 알려진 제태스와 칼라이스였다. 이들은 아르고의 원정에 참가하여 하르피이아라고 불리는 여인의 얼굴을 한 새들과 싸워 큰 공을 세웠다.

Peter Paul Rubens_오리티이아를 납치하는 보레아스

아켈로스와 헤라클레스의 대결

테세우스와 그의 친구들은 여행 중에 강의 신 아켈로스의 초대를 받아 그의 융숭한 접대를 받고 있었다. 아켈로스는 에리식톤의 이야기를 들려주며 이야기 끝에 다음과 같이 부언했다.

"변신할 수 있는 힘을 가지고 있는데, 다른 사람의 변신 이야기를 할 필요는 없을 것 같습니다. 나는 때로는 뱀이 되고 때로는 머리에 두 개의 뿔이 돋친 황소가 됩니다. 아니, 과거에는 그랬다고 하는 것이 옳겠지요. 지금은 뿔을 하나 잃고 하나만 가지고 있으니까요."

이렇게 말하고 그는 괴로워하면서 말을 잇지 못했다. 테세우스는 왜 그렇게 슬퍼하며, 어떻게 해서 뿔 하나를 잃게 되었느냐고 물었다. 강의 신은 다음과 같이 대답했다.

"누가 자기의 패배 경험을 말하기를 좋아하겠습니까. 하지만 나의 경험을 기꺼이 말하겠습니다. 승리자가 위대했기 때문이라는 생각으로 자위하는 것이지요. 상대가 헤라클레스였으니까요.

아마 당신도 미인으로 이름난 처녀 데이아네이라의 명성을 들었을 겁니다. 그녀에게는 구혼자가 운집하여 서로 경쟁했는데, 헤라클레스와 나도 그중 하나였습니다. 다른 사람들은 우리 두 사람에게 그 자리를 양보했습니다. 헤라클레스는 자기가 제우스의 아들이라는 점과 계모 헤라가 부과한 어려운 일들을 완수한 모험담을 그녀에게 들려주었습니다. 나는 처녀의 아버지에게 다음과 같이 말했습니다.

'당신의 국토를 관통하며 흐르고 있는 강의 왕인 나를 보시오. 나는 이방인도 아니고 당신의 영토 안의 사람이오. 여왕 헤라가 나에겐 적의를 품지 않아 여러 과업을 부과하지 않았다는 점을 내 단점이라고 생각하지 마시오. 이 사람은 자기가 제우스의 아들이라는 것을 뽐내지만, 그것은 잘못된 주장입니다. 만일 그것이 진실이라면 이 사내에게 있어서는 불명예스러운 일입니다. 왜냐하면 그것은 자기 어머니의 행실이 좋지 않았다는 것을 폭로하는 것이니까요.'

내가 이 말을 했을 때 헤라클레스는 나를 노려보고, 분노를 참느라고 애쓰는 모양이었습니다. 그리고 말했습니다.

'내 손이 입술보다 더 잘 대답할 거다. 말로는 너한테 진다만, 힘으로 결판을 내자.'

이렇게 말하면서 내게로 다가왔습니다. 그에게 욕설을 한 이상 물러서는 것은 부끄러운 일이라고 생각했습니다. 나는 녹색 옷을 벗고 싸울 채비를 차렸습니다. 그는 나를 내던지려 했고 때로는 나의 머리를 공격했으며 때로는 몸뚱이에다 손을 댔습니다. 그러나 나는 몸집이 큰 덕으로 그가 아무리 공격을 해도 소용이 없었습니다.

우리는 잠시 동안 쉬었다가 다시 또 싸웠습니다. 서로 버티며 한 발자국도 물러서지 않으려고 했습니다. 나는 그의 손을 꽉 잡고 이마를 들이받으려고 하였습니다. 헤라클레스는 세 번이나 나를 밀쳐내려고 했습니다. 그리고 네 번째에 성공하여 나를 땅 위에 넘어뜨리고 등 위에 올라

루브르 박물관_
뱀으로 변한 아켈로스와 싸우는 헤라클레스

탔습니다. 마치 산이 내리 덮친 것 같았습니다. 나는 헐떡이며 팔을 빼내려고 애썼지만 헤라클레스는 만회할 기회를 주지 않고 내 목을 눌렀습니다. 나의 무릎은 땅 위에 닿고 입은 흙 속에 묻혔습니다. 나는 힘으로는 그의 적수가 되지 못함을 깨닫고 뱀으로 변신하여 빠져나왔습니다. 나는 몸을 뚤뚤 말고 갈라진 혀로 그를 향하여 '슈웃' 하고 소리를 냈습니다. 그는 이것을 보고 비웃으며 말했습니다.

'뱀을 없애는 일 따위는 이미 어릴 적에 해치운 일이다.'

이렇게 말하면서 내 목을 꽉 쥐었습니다. 나는 질식할 것 같아 그의 손아귀에서 빠져나오려고 몸부림쳤습니다.

뱀의 모습으로 변신하고도 진 후, 이제 남아 있는 유일한 수단을 써서 황소로 변신했습니다. 하지만 헤라클레스는 내 목을 팔로 감고 머리를 땅바닥에 질질 끌다가 모래톱 위에 내던졌습니다. 이것만으로는 만족하지 않고 곧이어 무자비하게 나의 뿔을 하나 뽑았습니다.

님프 나이아스들은 그것을 손에 쥐고 성화시켜 그 속을 향기로운 꽃으로 채웠습니다. 풍요의 여신이 나의 뿔을 받아 자기의 것으로 하고, '코르누 코피아이(풍요의 뿔)'라고 불렀습니다."

옛날 사람들은 신화 속에서 숨은 뜻을 발견하기를 즐겼다. 그들은 아켈로스와 헤라클레스의 싸움을 우기에 제방을 넘어 범람한 강이라고 설명한다. 아켈로스가 데이아네이라를 사랑하고 구혼했다는 이야기는 그 강이 데이아네이라의 왕국을 관통하여 흘렀다는 것으로 해석한다. 그것이 뱀의 형태가 된다는 것은 요란한 소리를 내면서 흐르기 때문이다. 아켈로스의 머리에 뿔이 달렸다는 것은, 강이 범람했을 때 다른 수로를 만들었음을 의미한다. 헤라클레스는 제방을 쌓고 운하를 파서 범람을 막았다. 그가 강의 신을 정복하고 그의 뿔을 하나 베어버렸다는 이야기는 이를 뜻한다. 끝으로 전에는 홍수에 휩쓸려 묻혀야 했던 토지가 복구되어 대단히 비옥하게 된 사실을 '풍요의 뿔'이란 말로 표현했다.

　'코르누 코피아이'의 기원에 대해선 다른 설명도 있다. 제우스의 어머니 레아는 그를 낳자마자 크레타 왕 멜레세우스의 딸들에게 위탁했다. 그녀들은 어린 신을 염소 아말테이아의 젖을 먹여 양육했다. 제우스는 그 염소의 뿔을 하나 꺾어서 그의 양육자들에게 선물하면서 그것을 가진 자가 소망하는 물건을 가득 내어놓는 신비한 힘을 부여했다.

　한편 어떤 작가들은 디오니소스의 어머니에게도 아말테이아라는 이름을 붙이고 있다.

남편을 대신해 죽은 여인 알케스티스

　아스클레피오스는 아폴론의 아들인데, 아버지로부터 죽은 사람을 살릴 수 있는 교묘한 의술의 능력을 부여받았다. 이를 보고 명부의 왕 하데스는 놀라서 제우스를 설득하여 아스클레피오스에게 벼락을 던지게끔 만들었다. 아폴론은 아들의 죽음에 분노하여 벼락을 만든 죄 없는 직공들에게 복수를 했다.

　이 직공들은 키클로프스들로, 그들의 공장은 에트나 산 밑에 있었다. 그 때문에 그 산에서는 끊임없이 용광로의 연기와 불꽃이 솟아오르고 있었다. 아폴론은 화살을 키클로프스들에게 쏘았다. 이에 제우스는 몹시 노하여 아폴론에게 벌을 내려 2년 동안 인간의 하인이 되게 하였다. 그래서 아폴론은 테살리아의 왕인 아드메토스의 하인이 되어 암프리소스 강가 제방 위에서 양떼를 돌보는 일을 맡았다.

　아드메토스는 펠리아스의 딸 알케스티스를 아내로 얻길 바라고 있었다. 아버지인 펠리아스는 사자와 산돼지가 끄는 이륜차를 타고 딸을 데리러 오는 자에게 딸을 주겠다고 약속했다. 아드메토스는 자기의 양떼를 돌보고 있는 아폴론의 도움으로 어렵지 않게 이 난제를 해결할 수 있

었고, 알케스티스를 손에 넣고 행복하게 지내고 있었다.

　그런데 어느 날 아드메토스가 병에 걸려 빈사 상태에 빠지자, 아폴론은 운명의 신을 설득하여 딴 사람을 대신 죽이고 아드메토스를 살려달라고 간청했다. 아드메토스는 죽음의 유예를 받아서 기쁜 나머지 자기 대신 죽어줄 사람에 대해서는 깊이 생각하지 않았다. 그는 자기에게 아첨하는 자들이나 신하들이 항상 그를 위해서는 충성을 다하겠다는 말을 한 것을 기억해내고 자기를 대신하여 죽을 사람을 구하는 것은 어렵지 않을 것이라고 생각했다.

그러나 사실은 그렇지 않았다. 그들의 왕을 위해서는 기꺼이 목숨을 바칠 의사가 있었던 용감한 병사들도 대신 죽는 것은 거부했다. 어려서부터 아드메토스와 그 일가의 은혜를 받아왔던 늙은 신하들도, 얼마 남지 않은 여생을 위해서 자신의 목숨을 내놓기를 꺼렸다. 대신 사람들은 질문했다.

"왜 그의 부모 중 한 분이 대신 죽지 않을까? 그들은 수명도 얼마 남지 않았을 텐데, 또 그들이야말로 아들의 요절을 구할 의무가 있는 것이 아닌가?"

하지만 그의 부모도 아들이 죽는 것은 슬퍼했으나 그 의무를 수행하기는 꺼렸다. 마침내 알케스티스가 고매한 희생의 정신을 가지고 자기가 대신 죽겠다고 자청했다. 아드메토스는 아무리 살고 싶다 하더라도 사랑하는 아내를 희생시키면서까지 자기의 생을 연장시키고 싶지 않았다.

그러나 다른 방도가 없었다. 운명의 신이 부과한 조건은 이행되었고, 그렇게 하여 결정된 것은 취소할 수가 없었다. 아드메토스가 회생하자 알케스티스는 병이 깊어져 급속도로 죽음의 길로 가고 있었다.

바로 이때 헤라클레스가 아드메토스의 궁전에 도착하여 보니, 모든 사람들이 헌신적인 여왕을 잃을 큰 슬픔에 잠겨 있음을 알았다. 그러자 헤라클레스는 여왕을 구해보기로 결심했다. 그는 죽어가는 여왕의 방문 옆에서 죽음의 신을 기다렸다. 그리고 죽음의 신이 제물인 알케스티스를 잡아가려고 왔을 때, 헤라클레스는 그를 붙잡고 단념하기를 강요했다.

그리하여 알케스티스는 회복되어 남편에게 보내졌다.

안티고네

전설시대 그리스의 흥미 있는 인물이나 고상한 행위의 주인공은 대부분 여성이었다. 알케스티스가 부부애의 표본인 것과 같이 안티고네는 효성과 우애의 뛰어난 표본이었다. 그녀는 오이디푸스와 이오카스테의 딸인데, 이 일가는 가혹한 운명의 희생물이 되어 멸망했다. 오이디푸스는 발광하여 자기의 눈을 잡아빼고, 천벌의 대상자로서 모든 사람의 공포의 대상이 되고 버림을 받아 그가 왕으로 있었던 테베로부터 추방당했다. 그의 딸인 안티고네만이 곁을 지키는 수행자가 되어 그가 죽을 때까지 곁에 있다가 테베로 돌아갔다.

안티고네의 오빠인 에테오클레스와 폴리네이케스는 1년씩 교대해서 나라를 통치하자고 합의를 했다. 첫해는 에테오클레스가 다스리게 되었는데, 그는 기한이 다 되어도 나라를 아우에게 넘겨주기를 거부했다. 이에 폴리네이케스는 아르고스의 왕 아드라스토스에게로 도망했다. 왕은 그를 자기의 딸과 결혼시키고, 군대를 주어 왕위를 빼앗는 것을 도왔다. 이것이 그리스의 서사시인과 비극시인에게 많은 소재를 제공한 '테베 공략의 일곱 용사'의 발단이다.

Charles Francois Jalabert_오이디푸스와 안티고네(1842)

아드라스토스의 매제인 암피아라오스는 이 계획에 반대했다. 예언자
인 그가 점을 쳐보니, 아드라스토스 이외의 다른 지휘자들은 하나도 살
아 돌아오지 못하리라는 점괘가 나왔기 때문이었다. 그런데 암피아라오
스는 일찍이 왕의 누이인 에리필레와 결혼할 당시, 두 사람이 만일 의견
을 달리한 경우에는 에리필레의 결단에 따르기로 합의한 일이 있었다.
폴리네이케스가 이것을 알고는 에리필레에게 '하르모니아의 목걸이'를
선사하여 그녀를 자기편으로 만들었다. 이 목걸이는 하르모니아가 카드
모스와 결혼할 때 헤파이스토스가 선사한 것으로 폴리네이케스가 테베
로부터 망명할 때 같이 가지고 온 것이었다.

에리필레는 유혹적인 뇌물을 거부할 수 없었다. 그녀는 전쟁을 하기

로 결심하였고, 암피아라오스는 정해진 숙명의 길로 들어섰다. 그는 전투에서 자기의 책무를 용감하게 완수하였으나 예정된 운명을 피할 수는 없었다. 적에게 추격당하여 냇가로 도망치고 일을 때, 제우스가 던진 벼락이 땅을 갈라놓았기 때문에 그와 그의 이륜차, 그리고 모든 말들이 그 속으로 빠지고 말았다.

여기서 우리는 그 전투에 있어서의 모든 영웅적인, 혹은 잔혹한 행동을 자세히 설명할 필요는 없을 것 같다. 그러나 우리는 에리필레의 약한 성격에 대조되어, 에우아드네의 정절을 기록하지 않을 수 없겠다.

에우아드네의 남편인 카파네우스는 전투에 열중한 나머지, 테베 시에 —다름 아닌 제우스 신의 도시임에도 불구하고— 쳐들어가겠다고 말했다. 그는 성벽에 사다리를 걸고 올라갔다. 그러나 그의 경건하지 못한 행동에 분노한 제우스는 그를 벼락으로 내리쳐 죽였다. 그의 장례식이 거행될 때 에우아드네는 그의 화장용 장작더미 위에 몸을 던져 함께 죽었다.

전쟁 초기에 에테오클레스는 예언자 테이레시아스에게 결과가 어찌될 것인지 문의한 일이 있었다. 테이레시아스는 젊었을 때 우연히 아테나가 목욕하고 있는 것을 본 일이 있었는데, 아테나는 이에 노하여 그의 시력을 박탈했다. 그러나 후에는 가엾이 여겨 그에게 보상으로 앞날을 볼 수 있는 능력을 부여했다. 에테오클레스의 문의를 받자, 그는 만약 크레온의 아들 메노이케우스가 자진하여 희생물이 된다면 테베가 승리할 것이라고 예언했다. 이 영웅적인 청년은 예언을 듣자 최초의 접전에서 그의 생명을 내던졌다.

포위전은 장기간 계속되었으나 승패가 결정되지 않았다. 마침내 양군은 에테오클레스와 폴리네이케스 두 사람 사이의 싸움으로 승패를 결정하기로 합의했다. 그들은 싸움 끝에 둘 다 쓰러져 결판을 내지 못했다. 군사들은 다시 전투를 시작했다. 마침내 침입자들이 패배하여 전사자를 수습하지 못한 채 도망하였다.

전사한 두 왕자의 외삼촌이자 이제는 왕인 크레온은 에테오클레스만을 매장하고, 폴리네이케스의 시체는 그대로 내버려두게 하였다. 그리고 그를 매장하는 자는, 법을 어긴 것으로 간주하여 사형에 처한다고 포고했다.

폴리네이케스의 누이 안티고네는 오빠의 시체를 개나 독수리의 밥이 되게 하고, 죽은 자의 안식을 위한 장례도 거행치 못하게 한 몰인정한 포고를 듣고 분개하였다. 안티고네는 인정은 많지만 겁이 많은 동생의 만류도 듣지 않고, 거들어주는 사람 한 명 구하지 못한 채 위험을 무릅쓰고 혼자서 시체를 매장하기로 결심했다.

그녀는 현장에서 체포되었다. 이에 크레온은 국가의 엄숙한 포고를 고의로 위반하였다 하여 안티고네를 생매장하라는 명령을 내렸다. 그녀의 애인이요, 크레온의 아들인 하이몬은 그녀의 운명을 막을 길도 없고, 그렇다고 혼자 살아남는 것도 원치 않아 자결했다.

페넬로페의 정절

페넬로페도 그 아름다운 성격과 행위로 인해 기억되는 전설상의 여주인공의 하나다. 그녀는 스파르타의 왕 이카리오스의 딸이었다. 이타케의 왕 오디세우스가 그녀에게 구혼하여 모든 경쟁 상대를 물리치고 그녀를 얻었다. 신부가 친정을 떠날 때가 되었을 때, 아버지 이카리오스는 딸과의 이별을 견디지 못하여, 남편을 따라 이타케에 가지 말도록 설득했다.

오디세우스는 친정에 있든지 자기와 같이 가든지 마음대로 하라고 페넬로페에게 일렀다. 페넬로페는 아무런 대답도 않고 베일로 얼굴을 가렸다. 이카리오스는 더 이상 강요하지 않고, 그녀가 떠났을 때, 그들이 이별한 지점에 '정절'의 여신상을 세웠다.

오디세우스와 페넬로페가 결혼생활을 한 지 1년 남짓했을 때, 오디세우스가 트로이 전쟁에 참전하게 되자 행복했던 결혼생활은 중단되었다. 집을 비운 지도 오래되고, 또 살아 있는지조차 모르며 돌아올 가능성이 아주 희박했으므로 많은 구혼자들이 페넬로페를 성가시게 굴었다.

그들의 성화를 면하려면 그들 중 한 사람을 남편으로 고르는 수밖에

Francis Sydney Muschamp_페넬로페(1891)

없었다. 그러나 페넬로페는 오디세우스의 귀환을 기대하면서 모든 방법
을 동원해 재혼을 늦추기 위해 노력했다. 그 수단 중의 하나는 시아버지
인 라에르테스의 수의를 짜는 일이었다. 이 수의를 다 짜면 구혼자들 중
에서 하나를 선택할 것을 약속했다. 그녀는 낮에는 수의를 짜고 밤이 되
면 낮에 짠 것을 다시 풀었다. 이것이 유명한 '페넬로페의 베짜기'란 속
담의 기원이 된 것인데, 이 말은 일 하나를 오래도록 끝마치지 못하는
경우를 의미한다.

오르페우스와 에우리디케의 사랑

　오르페우스는 아폴론과 뮤즈인 칼리오페 사이에서 태어난 아들이다. 아버지로부터 리라를 선물받고, 그것을 타는 법을 배웠는데, 어찌나 잘 타는지 그의 음악을 듣고 매료되지 않는 자가 없었다. 인간뿐만 아니라 야수도 그의 곡을 듣고 유순해져서, 사나움을 버리고 그의 주위에 모여들어 음악에 넋을 잃곤 했다. 뿐만 아니라 수목이나 암석까지도 그 매력에 감응했다. 수목은 음악에 맞춰 흔들거렸고 암석도 그의 곡조에 부드러워지며 그 견고함이 물려졌다.

　오르페우스가 에우리디케와 결혼했을 때, 히메나이오스(혼인의 신)도 초대를 받았다. 그런데 히메나이오스는 참석은 했으나 아무런 길조도 가져오지 않았다. 그의 횃불은 연기만 나서, 그들의 눈에 눈물만 나게 하였다. 이와 같은 전조 때문인지 에우리디케는 결혼 후 얼마 되지 않아 불행한 일을 맞았다. 친구인 님프들과 거닐고 있을 때 아리스타이오스라는 양치기의 눈에 띄어 그의 구애를 받게 되었다. 에우리디케는 그에게서 도망쳤는데 그러던 중 풀 속에 있는 뱀에게 발을 물려 죽게 되었다.

오르페우스는 그의 슬픔을 신과 인간을 가리지 않고, 아니 이 지상의 공기를 호흡하는 모든 것에 노래로써 호소했다. 그러나 그것이 아무 소용이 없다는 것을 알자 이번에는 죽은 자의 나라로 가서 아내를 찾아오기로 결심했다.

그는 타이나로스 섬의 옆면에 있는 동굴을 거쳐 지하세계인 명부에 도착했다. 그는 유령의 무리들을 헤치고 하데스와 페르세포네의 옥좌 앞에 나아갔다. 그리고 리라로 반주를 하며 다음과 같은 말로 노래를 불렀다.

"지하세계의 신들이여! 당신들이 있는 이곳으로 우리들 생명 있는 자는 다 오게 마련입니다. 나의 말을 들어주십시오. 이는 진실입니다. 제가 이곳에 온 것은 타르타로스의 비밀을 탐지하기 위한 것도 아니고, 뱀과 같은 머리카락을 가지고 있는, 머리가 세 개인 문지기 개와 힘을 겨루려는 것도 아닙니다.

저는 꽃다운 청춘에 독사에 물려 뜻하지 않은 죽음을 당한 제 아내를 찾으러 온 것입니다. 사랑이 저를 이곳으로 인도한 것입니다. 사랑은 지상에 거주하는 우리를 지배하는 전지전능한 신일 뿐 아니라, 옛말이 옳다면 이곳에서도 다를 바가 없을 것입니다.

저는 이 공포로 가득 찬 곳, 침묵과 유령의 나라의 당신들에게 간청합니다. 에우리디케의 생명의 줄을 이어주십시오. 우리는 당신들이 있는 이곳으로 오게 마련이나 오직 일찍 오느냐, 늦게 오느냐 하는 차이가 있을 따름입니다. 아내도 수명을 다한 후에는 당연히 당신들의 수중에 들어올 것입니다. 그러나 그때까지는, 청컨대 그녀를 저에게 돌려주십시오. 만약 거절하신다면 저는 홀로 돌아갈 수 없습니다. 저도 죽겠습니다. 그렇게 되면 두 사람의 죽음을 눈앞에 놓고 승리의 노래를 부르십시오."

그가 이런 애달픈 노래를 부르자, 망령들까지도 눈물을 흘렸다. 탄탈로스는 목이 마른데도 조금의 물로 마시려고 하지도 않았고, 익시온의

G. Kratzenstein_오르페우스와 에우리디케

차륜도 정지했다. 독수리는 거인의 간을 쪼는 일을 멈추었고, 다나오스의 딸들은 체로 물 푸는 일을 중지했다. 그리고 시시포스도 바위 위에 앉아서 노래를 들었다. 복수의 여신들의 양 볼이 눈물에 젖은 것도 그때가 처음이라고 한다. 페르세포네도 거부할 수 없었고 하데스도 양보했다. 에우리디케가 호출되었다.

　그녀는 새로 들어온 망령들 사이에서 부상당한 발을 절뚝거리며 나타났다. 오르페우스는 그녀를 데리고 가도 좋다는 허락을 받았으나 조건이 하나 붙어 있었다. 그것은 지상에 도착하기까지는 그녀를 돌아보아서는 안 된다는 것이었다. 이 약속을 지켜 오르페우스는 앞서고 에우리디케는 뒤따르면서 어둡고 험한 길을 말 한마디 하지 않고 걸어갔다. 마침내 밝은 지상세계로 나가는 출구에 거의 도착했을 때, 오르페우스는

C. Jean-Baptiste-Camille_오르페우스와 에우리디케(1861)

순간 약속을 잊고 에우리디케가 잘 따라오나 확인하기 위해서 돌아보았
다. 그 순간 에우리디케는 지하세계로 끌려갔다. 그들은 서로 포옹하려
고 팔을 내밀었으나, 허공을 휘어감았을 뿐이었다. 두 번째로 죽어가면
서도 에우리디케는 남편을 원망할 수는 없었다. 자기를 보고 싶어하는
마음에 저지른 일을 어떻게 탓할 수 있을 것인가.

"이제 최후의 이별입니다. 안녕히!"

그녀는 소리쳤으나 어찌나 빨리 끌려갔던지, 그 말소리조차 잘 들리
지 않았다.

오르페우스는 그녀의 뒤를 따르려고 노력했다. 그리고 다시 한 번 그
녀를 데리고 오기 위해서 지하세계로 내려가게 해줄 것을 탄원했다. 그
러나 사정을 모르는 사공은 그를 떠밀고 강을 건널 수 없게 하였다.

그는 7일 동안 먹지도 않고 자지도 않으면서 강가에 앉아 있었다. 그리고 암흑세계의 신들의 무자비함을 매섭게 비난하면서, 자기 생각을 노래에 담아 바위와 산에 호소했다. 그러자 짐승들 감동하여 울부짖고, 참나무도 감동하여 큰 줄기를 흔들었다.

그는 그 후 여자를 멀리하고 슬픈 추억을 끊임없이 되씹으며 살았다. 트라키아의 처녀들이 그의 마음을 사로잡으려고 갖은 노력을 다했으나, 오르페우스는 그들의 구혼을 물리쳤다. 처녀들은 거절당한 기분을 속으로 삭였다.

어느 날 오르페우스는 디오니소스의 제전에 참석했는데, 흥분하여 정신을 똑바로 차리기 힘든 상태였다. 이런 그를 한 처녀가 발견하고 소리쳤다.

"저기 우리를 모욕한 사내가 있다."

그녀는 말을 끝내고 그를 향해 창을 던졌다. 그러나 창은 그 리라 소리가 들릴 만한 거리에 도달하자, 힘을 잃고 그대로 그의 발밑에 떨어지고 말았다. 다른 처녀들이 던진 돌도 마찬가지였다. 그러나 그녀들은 소리를 질러 리라 소리가 들리지 않게 한 후에 무기를 던졌다. 그랬더니 결국 그는 온몸에 피를 적시며 쓰러졌다. 광분한 처녀들은 그의 사지를 갈기갈기 찢고 그의 머리와 리라를 헤브로스 강에다 던져버렸다.

떨어진 강물 속에서도 슬픈 노래를 멈추지 않았다. 뮤즈의 여신들은 갈기갈기 찢어진 그의 몸을 모아 레이베트라에 묻었다. 이 레이베트라에서는 지금도 밤꾀꼬리가 그의 묘에 앉아서 다른 곳의 어떤 새보다 더 아름다운 소리로 운다고 전해지고 있다.

그의 리라는 제우스에 의해서 별자리 사이에 놓였다. 망령이 된 타르타로스에 내려가 거기서 에우리디케를 찾아내고 그녀를 열광적으로 끌어안았다. 그들은 행복에 취해 들판을 거닐었다. 서로 앞서거니 뒤서거니 하며 오르페우스는 다시금 아내를 잃을 걱정 없이 마음껏 그녀를 바라보았다.

양봉의 신 아리스타이오스

꿀은 처음에는 야생의 산물로 알려졌으며, 벌은 속이 텅 빈 나무나 바위틈, 혹은 이와 비슷한 움푹 파인 곳을 우연히 발견하여 거기에 집을 만들었다. 그래서 때로는 죽은 짐승의 시체 속에도 집을 지었을 것이다. 그런 일이 있었기 때문에 벌은 짐승의 썩은 살에서 태어난 것이라는 미신도 생겨나게 되었다. 다음 이야기도 이런 미신을 바탕으로 한 것이다.

제일 처음으로 양봉법을 가르친 아리스타이오스는 물의 님프 키레네의 아들이었다. 어느 날 그는 그의 벌이 죽자, 구원을 청하러 어머니에게로 갔다. 그는 강가에 서서 다음과 같이 어머니에게 말했다.

"오, 어머니. 내 삶의 자랑거리를 박탈당했습니다. 제 귀중한 벌을 잃었습니다. 저의 보살핌과 기술도 소용이 없었으며, 어머니도 재난의 타격으로부터 저를 막아주시지 못했습니다."

그의 어머니는 강 밑에 있는 궁전에서 시종 님프들에게 둘러싸여 있었다. 님프들은 실을 감거나 옷감을 짜는 등, 여자들이 하는 일에 종사하고 있었다. 그리고 그중의 한 님프는 다른 님프들을 즐겁게 해주기 위해서 이야기를 하고 있었다.

그러던 중에 아리스타이오스의 슬픈 소리가 들려오자, 모두 일손을 놓고 그중의 한 님프가 물 위로 얼굴을 내밀었다. 아리스타이오스의 모습을 본 님프는 되돌아가 그의 어머니에게 보고했다. 그러자 어머니는 그를 자기 앞에 데리고 오도록 명령했다.

강물은 명령을 받아 몸을 벌리고 그를 통과시켰는데, 그때 강물은 양쪽으로 산과 같이 몸을 웅크리고 서 있었다. 그는 큰 강물이 시작되는 곳으로 내려갔다. 그곳에서 거대한 저수지를 보았고, 지면을 향하여 여러 방향에서 쏜살같이 흐르는 물소리로 귀가 먹을 지경이었다. 어머니가 거처하는 방에 도착하였을 때, 어머니와 님프들은 산해진미의 성찬으로 그를 환대했다. 그들은 우선 포세이돈에게 제주를 올린 후 향연을 즐겼다. 식사를 마친 다음 어머니는 아들에게 다음과 같이 말했다.

"프로테우스라는 바닷속에 살고 있는 늙은 예언자가 있는데, 포세이돈의 사랑과 귀여움을 받는 사람으로서 포세이돈의 물개들을 지키고 있다. 우리들 님프는 그를 대단히 존경했다. 왜냐하면 그는 학자로서 과거사나 현재사나 미래사를 다 알기 때문이다. 그가 너에게 벌이 죽는 원인과 그에 대한 치료법을 가르쳐줄 것이다.

그렇지만 네가 아무리 간청해도 자진해서 가르쳐주지는 않을 것이니 완력으로 얻어내야 할 것이다. 네가 그를 체포하여 쇠사슬로 잡아매면 그는 벗어나기 위해서 너의 질문에 대답할 것이다. 네가 쇠사슬을 꼭 쥐고 있으면 그가 아무리 재주를 부려도 벗어날 수 없을 것이다.

그가 정오에 낮잠을 자러 동굴로 돌아올 때 내가 너를 그곳에 데려다주겠다. 그러면 그를 쉽게 사로잡을 수 있을 것이다. 그러나 자기가 잡힌 것을 알면 그는 갖가지 모양으로 변신하여 도망하려 할 것이다. 그는 멧돼지도 될 것이고 사나운 범도 될 것이며, 비늘 덮인 용도 될 것이고,

누런 갈기를 지닌 사자도 될 것이다. 혹은 불꽃이 튀는 소리나 물이 돌진하는 것 같은 소리를 내서, 네가 쇠사슬을 놓도록 유혹하다가 그 사이에 도망칠 것이다. 그러니 그를 꼭 결박만 하고 있거라. 마침내 모든 재주를 부려도 소용이 없음을 깨달으면, 그는 원상태로 돌아가서 네 명령에 복종할 것이다."

이렇게 말하면서 그녀는 아들의 몸에다 향기로운 신주를 끼얹었다. 그러자 바로 비상한 힘과 용기가 전신에 가득 차고 향기로운 냄새가 그 주위에 퍼졌다.

키레네는 아리스타이오스를 데리고 예언자의 동굴로 갔다. 그리고 그를 바위틈에 숨기고, 자신은 구름 뒤에 숨었다. 이윽고 정오가 되어 인간과 짐승이 모두 눈부신 태양을 피해 조용한 낮잠을 즐길 시간이 오자, 프로테우스는 그의 물개들을 거느리고 물속에서 나왔다. 물개들은 해안에서 뒹굴었다. 그는 바위 위에 앉아서 물개들을 세다가 동굴 바닥에 누워 잠을 잤다. 그가 잠이 들자마자 아리스타이오스는 그의 다리를 쇠사슬로 묶고 큰소리로 그를 깨웠다. 프로테우스는 잠이 깨어 자기가 사로잡힌 것을 알자, 곧 재주를 부리기 시작했는데, 처음에는 불로 변했다가 다음에는 강이 되고, 그다음에는 무서운 야수가 되는 등 계속해서 여러 가지 형태로 재빠르게 변했다. 그러나 아무리 해도 소용이 없다는 것을 알고는 결국 원래의 모습으로 돌아가서, 성난 어조로 아리스타이오스에게 말했다.

"나의 거처에 침입한 젊은이여. 그대는 누구며 나에게 무엇을 원하는가?"

아리스타이오스는 대답했다.

"프로테우스여, 당신은 이미 알고 있을 것이오. 아무도 당신을 속일 수 없으니까요. 당신도 내 손에서 벗어나려는 노력을 버리시오. 나는 나

루브르 박물관_양봉의신 아리스타이오스

에게 일어난 재난의 원인과 그 치료법을 당신에게 들으려고 신의 도움을 받아 이곳에 오게 된 것이오."

이 말을 듣자, 예언자는 아리스타이오스를 회색 눈으로 뚫어지게 바라보면서 말했다.

"그대는 에우리디케를 죽게 한 그대의 행위에 대한 마땅한 벌을 받은 것이오. 에우리디케는 그대를 피하려다 뱀을 밟고, 그 뱀에 물려죽은 것이니. 그녀의 원수를 갚기 위하여 그녀의 님프들이 그대의 벌을 없애버린 것이오. 그대는 그녀의 분노를 풀어 주어야 하오. 그러려면 이렇게 하시오. 잘 생긴 황소 네 마리와 암소 네 마리를 마련하고 님프들을 위한 제단 네 개를 세워, 소를 희생물로 바치고 소의 시체를 나뭇잎이 우거진 숲 속에 내버려두시오.

오르페우스와 에우리디케에 대해서는 원한을 풀어줄 정도의 제물을 올리시오. 9일 뒤에 돌아가서 살육된 소의 시체를 조사하면 무엇인가를 발견할 것이오."

아리스타이오스는 이 지시에 충실히 따랐다. 소를 희생물로 바치고, 그 시체를 숲 속에 버리고, 오르페우스와 에우리디케의 망령에게 제물을 바쳤다. 그런 뒤 9일째 되는 날에 돌아가서 소의 시체를 살펴보았더니, 이상하게도 벌떼가 시체를 가득 채우고 벌통 안에서 하는 것과 같이 열심히 일하고 있었다.

신화 속의 시인과 음악가

암피온

암피온은 제우스와 테베 여왕 안티오페 사이에서 태어난 아들이었다. 쌍둥이 형제인 제토스와 같이 태어나자마자 키타이론 산에 버려졌고, 그곳에서 부모가 누구인지도 모른 채 양치기들 사이에서 성장했다. 헤르메스는 이 암피온에게 리라를 주고, 타는 법까지 가르쳐주었다. 아우는 수렵이나 양을 지키는 일에 종사했다. 그러는 사이 그들의 어머니인 안티오페는 테베 왕위를 노리고 있는 리코스와 그의 아내 디르케에게 심한 학대를 받았다. 그녀는 학대에서 벗어나기 위하여 아들들에게 그들의 권리를 알리고,

Charles Francois Jalabert_
테베 시의 전염병

자기를 돕도록 했다. 그들은 동료 양치기들과 더불어 리코스를 공격하여 살해하고, 디르케의 머리카락을 황소에다 잡아매어 그녀가 죽을 때까지 황소에 끌려다니도록 했다.

암피온은 테베 왕이 된 후, 성벽을 쌓아 수비를 강화했다. 그가 리라를 타면 돌들이 저절로 성벽을 쌓았다고 전해진다.

리노스

리노스는 헤라클레스의 음악 선생이었는데, 어느 날 제자를 심하게 꾸짖었다. 이에 헤라클레스는 분노하여 리라로 리노스를 때려죽였다.

타미리스

타미리스는 옛날 악기를 타며 노래를 부르는 트라키아의 시인이었는데, 외람되게도 뮤즈의 여신들에게 누가 잘하나 경쟁을 해보자고 도전했다. 경쟁에서 승리한 여신은 그녀를 장님으로 만들었다. 밀턴은 『실낙원』의 제3권 35행에서 자신의 눈이 먼 것에 대해서 노래하고 있는데, 이 타미리스와 그 밖의 장님이 악기를 타며 노래를 부르는 것에 대해서도 언급하고 있다.

마르시아스

　아테나는 피리를 발명하고, 피리를 불어 하늘에 있는 모든 신들을 즐겁게 하였다. 장난꾸러기인 에로스는 여신이 피리를 부는 기묘한 얼굴을 바라보고서 무례하게도 웃었다. 이에 분노한 아테나는 피리를 던져버렸다. 그러자 피리는 땅으로 떨어졌고 마르시아스가 그것을 줍게 되

Luca Giordano_마르시아스의 처형

었다. 그가 그 피리를 부니 사람의 마음을 빼앗을 만한 참으로 아름다운 소리가 났다.

자만한 그는 아폴론과 음악 경쟁을 하다가 패배하였다. 결국 마르시아스는 아폴론에게 도전한 벌로 신으로부터 산 채로 껍질이 벗겨지는 벌을 받았다.

멜람푸스

멜람푸스는 예지력을 부여받은 최초의 인간이었다. 그의 집 앞에는 참나무가 한 그루 서 있었고, 그 속에는 뱀의 보금자리가 있었다. 늙은 뱀들은 하인들이 죽였으나, 새끼 뱀들은 멜람푸스가 불쌍히 여겨 아주 소중히 길러주었다.

어느 날 그가 참나무 밑에서 자고 있을 때 뱀들이 그의 귀를 혀로 핥았다. 잠을 깬 그는 자신이 새나 동물들의 말을 알아듣게 되었음을 깨닫고 놀랐다. 이 능력 덕분에 그는 앞일을 예언할 수 있게 되었고 유명한 예언자가 되었다.

어느 날 적들이 그를 사로잡아 감금하였다. 멜람푸스는 고요한 밤중에 기둥 속에 있는 벌레들이 서로 이야기하고 있는 것을 듣고, 기둥이 거의 다 파먹혀 지붕이 얼마 가지 않아 내려앉으리라는 것을 알게 되었다. 그는 자기를 감금하고 있는 자들에게 그 사정을 말하고는 석방해주기를 요구하면서 그들에게도 주의하라고 경고했다. 그들은 그의 경고를 받아들여 죽음을 면하자 그에게 감사했다.

무사이오스

무사이오스는 반신화적인 인물로, 전설에 의하면 오르페우스의 아들이라고 한다. 또 종교적인 시집이나 신화집을 썼다고 전해지고 있다. 그의 저작 중에는 현재까지 남아 있는 것도 있다. 그러나 더 중요한 것은 후대의 시인들에게 미친 영향력이다. 시인들의 입에서 입으로 전한 두 가지 이야기는 독일어로 번역된 것으로 아리온의 이야기는 실레겔에게서, 그리고 이비코스의 이야기는 실러에게서 취했다.

역사상의 음악가 아리온

아리온은 유명한 음악가로서 그를 대단히 총애하고 있던 코린토스의 왕 페리안드로스의 궁정에서 살고 있었다. 시켈리아에서 음악 경연이 거행되었을 때, 아리온은 우승 상금을 노리고 참가했다. 그런 자신의 희망을 페리안드로스에게 말하자, 페리안드로스는 형제처럼 여기는 마음에서 그것을 포기하도록 간청했다.

"제발 내 곁에 있어주오. 나와 같이 있는 것으로 만족하고 딴 생각은 마시오. 승리를 얻으려고만 하는 자는 승리를 잃는 법이오."

이에 대하여 아리온은 대답했다.

"방랑생활이야말로 시인의 자유로운 마음에 가장 잘 어울리는 것입니다. 나는 신에게서 부여받은 재능을 다른 사람에게 전해 즐거움의 원천이 되게 하고 싶습니다. 그리고 만일 내가 상을 타게 된다면, 그 기쁨은

Gilbert Stuart_돌고래에 이해 구출된 아리온

얼마나 크겠습니까. 나의 명성이 널리 퍼지게 될 테니까요."

결국 경연에서 승리하여 상을 타고 많은 상품을 배에 싣고 귀로에 올랐다. 출항한 다음 날 아침에는 바람이 온화하게 불었다. 그는 소리쳤다.

"오, 페리안드로스여, 이제 걱정할 것 없습니다. 머지않아 당신과 포옹하는 순간, 걱정은 씻은 듯이 잊게 될 것입니다. 우리는 많은 제물을 아낌없이 신들에게 바치게 될 것입니다. 그 축하연의 자리는 얼마나 즐겁겠습니까."

바람과 바다는 여전히 평온했으며, 하늘에는 구름 한 점 없었다. 바다는 과신하지 않았으나 인간은 너무나 과신했다. 아리온은 선원들이 무엇인가 서로 수군거리고 있는 것을 엿들었고, 자기의 재물을 약탈하려고 음모를 꾸미고 있는 것을 알았다. 그들은 곧 소리를 지르며 불손한 태도로 아리온을 둘러싸고 말했다.

"아리온, 너는 죽어야 한다. 육지에 묘를 가지고 싶으면 얌전히 이 자리에서 죽고, 그렇지 않다면 바다에 몸을 던져라.”

“꼭 나의 생명을 빼앗아야 하겠는가? 나의 재물이 탐이 난다면, 좋다. 가져라. 나는 기꺼이 그 돈으로 내 목숨을 사겠다.”

“아니, 안 된다. 너를 살려둘 수 없다. 네가 살아 있는 것은 우리에게 너무도 위험스럽다. 우리가 강도질을 한 것을 페리안드로스가 알기라도 하다면 우리는 모두 죽임을 당할 것이다.”

“그러면 마지막 소원을 들어다오. 이제 뭐라 해도 내 생명을 구할 수 없을 것 같으니까. 제발 나를 방랑시인답게 죽게 해다오. 내가 임종의 노래를 다 부르고, 내 리라 줄의 진동이 그쳤을 때, 이 세상에 이별을 고하고 순순히 운명에 따르겠다.”

오직 약탈품만을 생각하고 있었던 선원들은 유명한 음악가의 노래를 들을 수 있다는 생각에 마음이 동했다.

아리온이 이어서 말했다.

“그리고 제발 의복을 갈아입을 동안 잠시 기다려다오. 아폴론은 내가 방랑시인의 옷차림을 하고 있지 않으면 힘을 빌려주지 않으니까.”

그는 균형이 잘 잡힌 몸에 눈부시게 아름다운 금빛과 자줏빛 옷을 입었다. 윗옷은 우아하면서도 아름다운 주름을 만들면서 그의 몸을 감싸고, 보석은 팔을 장식하고, 금빛 화관은 이마를 덮고, 향기로운 냄새를 풍기는 머리카락이 목과 어깨로 흘러내렸다. 그는 왼손에 리라를 잡고 오른손에는 리라 줄을 타는 상아 막대기를 가지고 있었다. 그는 영감을 받은 사람과도 같이 아침 공기를 호흡하면서 햇살 속에서 빛나고 있었다. 선원들은 감탄하여 그를 바라보았다. 그는 뱃전으로 나가 깊고 푸른 바다를 내려다보면서 리라를 켜며 노래를 불렀다.

“나의 목소리, 나의 친구여! 나와 더불어 황천으로 오라. 케르베로스가 으르렁거린다 하더라도 노래의 힘은 능히 그의 노기를 가라앉히리라. 어두컴컴한 강을 건너 행복한 섬에 사는 영웅들이여, 행복한 영웅들이여! 얼마 가지 않아 나는 그대들의 대열에 참가하리라. 그러나 그대들은 나의 슬픔을 가라앉힐 수 있겠는가?

아, 나의 친구를—페리안드로스를 말한다— 이 세상에 남겨놓고 가야 한단 말인가. 오르페우스여, 그대는 에우리디케를 발견했으나, 발견하자마자 또 잃지 않았던가. 그녀가 꿈같이 사라졌을 때 즐거운 햇빛도 그대에게는 얼마나 얄미운 것이었던가. 나는 가야 한다. 그러나 두려워하지 않으리라. 신들이 하늘에서 우리를 보살펴주기 때문이다. 죄 없는 나를 죽이는 자들이여, 내가 죽고 없을 때 그대들이 몸을 떨 때가 올 것이다. 바다의 여신 네레이스들이여, 그대들의 처분에 몸을 맡기는 사람을 받아들이라."

이렇게 노래하면서 아리온은 깊은 바닷속으로 뛰어들었다. 물결이 그를 덮자 선원들은 이제 자기들의 범행이 발각될 염려는 할 필요가 없다고 생각했다.

그러나 아리온의 노래는 바다의 주민들을 매혹하여 끌어모았으며, 돌고래들은 마술에 걸린 것처럼 배의 뒤를 따랐다. 아리온이 물결 속에서 몸부림치고 있을 때, 돌고래 한 마리가 그를 등 위에 태우고 무사히 해안으로 운반했다. 그 후 이 사건을 기념하기 위하여 바위가 많은 해안, 그가 상륙한 지점에 놋쇠 기념비가 세워졌다.

아리온은 돌고래가 작별하고 돌아설 때 다음과 같은 감사의 인사를 전했다.

"충성스럽고 친절한 고래여! 자, 그러면 잘 가거라. 그대의 은혜를 갚고 싶지만 그대는 나와 같이 갈 수 없고 나 또한 그대와 같이 갈 수 없다. 우리는 친구가 될 수는 없을 것이다. 바다의 여왕 갈라테이아가 그

William-Adolphe Bouguereau_해마 위의 아리온(1855)

대에게 은총을 내려주시기를! 그리고 그대는 여왕이 탄 이륜차를 의기
양양하게 끌며 광활한 바다를 달리기를!"

아리온은 해안에서 걸음을 빨리하여 걸어갔다. 눈앞에 코린토스의 여
러 탑이 서 있는 것을 보았다. 그는 계속 여행을 했다. 손에는 리라를 들
고 노래를 부르며 걸어갔다. 사랑과 행복에 충만하여 재화를 잃은 것도
잊고, 친구와 리라만을 생각했다. 그가 환대를 받던 저택으로 들어가자
마자, 페리안드로스는 그를 포옹했다. 아리온은 말했다.

"친구여, 나는 그대에게 다시 돌아왔소. 신이 나에게 부여한 재능은
천만 사람에게 기쁨을 주었지만 악한들이 내가 번 재화를 약탈하였소.
그러나 널리 명성을 얻었으니 그로써 자위하는 바요."

그는 페리안드로스에게 자기가 당한 놀라운 사건을 모두 이야기했다.
페리안드로스는 이를 듣고 놀라며 말했다.

"그와 같은 불법이 승리하다니 될 말인가! 나의 수중에 권력이 있는 한
그런 불법을 그대로 묵과할 수 없소. 그들을 발견할 때까지 그대는 이곳
에 숨어 있으시오. 그러면 그들은 아무 의심 없이 접근할 것이오."

배가 항구에 도착하자, 그는 선원들을 불러들였다.

"너희는 아리온의 소식을 들은 일이 있느냐? 나는 그의 귀환을 기다리고 있다."

그가 이렇게 묻자 그들은 대답했다.

"저희는 타렌툼에서 그와 작별했는데 잘 있습니다."

그들이 이 말을 하자 아리온이 그들 앞에 나타났다. 그는 균형 잡힌 몸에 보기에도 아름다운 금빛과 자줏빛 옷을 입고 있었으며, 윗옷은 아름다운 주름을 만들어 몸을 싸고, 보석은 팔을 장식하고, 이마에는 금빛 화관을 쓰고 목과 어깨 위에는 향기가 풍기는 머리칼이 흐르고 있었다. 왼손에는 리라를 들고 오른손에는 리라 줄을 타는 상아 막대기를 들고 있었다. 그들은 마치 벼락이나 맞은 것처럼 그의 발밑에 엎드렸다.

"우리는 그를 죽이려고 했는데 그는 신이 되었다. 오, 대지여. 열려서 우리를 받아달라."

그러자 페이안드로스가 말했다.

"친절한 하늘이 시인의 생명을 보호했다. 나는 복수의 신을 불러내지 않겠다. 아리온은 너희의 피를 원하지 않는다. 탐욕의 노예들아, 눈앞에서 사라지거라. 야만인의 나라로 가거라. 그리고 아름다운 어떤 것도 너희의 정신을 즐겁게 하지 말기를 빌어주리라!"

두루미의 도움을 받은 이비코스

고대의 극장은 1만 내지 3만 명의 관객을 수용할 수 있는 큰 건물이었다. 제전 때에만 사용되었고, 누구나 무료로 입장할 수 있었기 때문에 대개 만원이었다.

지붕이 없는 노천극장이었기 때문에 낮 시간에 특히 인기가 좋았다. 또한 복수의 여신들의 무서운 이야기가 과장되면 상연되지 않았다는 특징이 있었다. 전하는 바에 의하면 비극시인 아이스킬로스는 50명으로 구성된 합창단으로 하여금 복수의 여신의 역할을 하게 했는데 공포에 떤 나머지 기절하고 경련을 일으킨 관객이 많아 당국에서 이와 같은 상연을 금지했다는 기록이 남아 있다.

경건한 시인인 이비코스는 그리스인의 인기를 얻은 코린토스의 이스트모스에서 거행되는 이륜차 경주와 음악경연대회에 참석하기 위해 가고 있었다. 아폴론이 그에게 노래의 재능과 시인의 꿀과 같은 입술을 부여했기 때문에 걸음걸이도 가볍게 아폴론을 생각하면서 걸었다. 벌써 하늘 높이 솟은 코린토스의 탑들이 눈 앞에 펼쳐졌다. 그는 두렵고 경건한 마음으로 포세이돈의 성스러운 숲 속에 들어갔다. 생물은 하나도 눈

파묵칼레 히에라폴리스유적지_고대 로마의 원형극장_SH103582

에 띄지 않고 오직 한떼의 두루미가 남쪽으로 이동하는 그와 같은 방향으로 날아가고 있었다. 그는 크게 외쳤다.

"바다를 건널 때부터 나의 길동무였던 정다운 무리들아, 너희에게 행운이 있기를. 우리 모두 훌륭한 접대를 받았으면 좋겠구나. 너희나 나나 외지에서 온 객을 환영해주는 친절한 접대를 받게 되기를!"

그가 부지런히 움직여 숲 한가운데에 도달했을 때 돌연 두 명의 강도가 나와 앞을 가로막았다. 그는 항복하거나 싸워야만 했다. 리라에는 익숙했으나 무기를 가지고 싸우는 데는 익숙하지 않은 그의 손은 힘없이 쳐졌다. 그러나 그의 외침을 듣고 도와주는 자는 하나도 나타나지 않았다.

"이곳에서 나는 죽는구나. 다른 나라 땅에서 악한의 손에 죽는구나.

비탄하는 사람도 없고 원수를 갚아주는 사람도 없이!"

심한 부상을 입고 그가 땅 위에 쓰러지자, 공중에서 두루미들이 목 쉰 소리로 부르짖고 있었다.

"두루미들아, 나의 원수를 갚아다오. 너희 소리 외에는 나의 부르짖음에 답하는 소리가 없구나."

그는 이렇게 말하며 죽어갔다.

이비코스의 시체는 처참한 형태로 발견되었다. 갈기갈기 찢겨 있었지만 그를 기다리고 있던 코린토스의 친구는 그가 이비코스라는 것을 알아보았다.

"이런 모양으로 너를 대할 줄이야! 네가 노래경연대회의 승리의 화관으로 너의 이마를 장식하기를 바랐는데!"

제전에 모여든 관객들은 이 소식을 듣고 놀랐다. 전 그리스가 피해를 입고, 손실을 입었다고 한탄했다. 그들은 법정 주위에 모여 살인자에게 복수를 하고 그들의 피로써 보상할 것을 요구했다.

그러나 성대한 제전을 보러 모여든 많은 군중 속에서 무엇을 증거로 살인자를 찾아낼 수 있을까? 강도의 손에 찔려죽은 것일까, 아니면 원한을 가진 적의 손에 찔려죽은 것일까? 그것을 알고 있는 것은 모든 것을 내려다보는 태양의 신뿐이었다. 어느 누구도 그것을 본 사람이 없기 때문에. 그러나 헛되이 복수를 바라고 있는 이 순간에도 살인자는 군중 사이를 걷고 있을 것이며, 자신의 완전한 범죄를 기뻐하고 있을 것이다. 아마 신전 내에 있는 원형극장에 모여들고 있는 군중 사이에 섞여서 신들을 멸시하고 있을지도 모를 일이다.

이제 군중들이 좌석을 가득 메워 건물이 터질 것 같았다. 원형으로 된 층층의 좌석은 하늘에 닿을 것같이 위로 치솟아 올라가고, 위로 올라갈수록 원은 넓어지고, 관객들의 떠드는 소리는 바다의 포효처럼 들렸다.

　이윽고 많은 군중들은 복수의 여신의 역할을 하는 합창대의 무서운 소리를 경청하고 있었다. 합창대는 장엄한 의상을 걸치고 보조를 맞추며 무대 주위를 돌고 있었다. 이런 무서운 무리를 구성하고 있는 합창대는 과연 이 세상의 여자들일까? 그리고 이처럼 숙연해진 군중은 과연 살아 있는 인간들일까?

　합창대원들은 검은 옷을 입고 여윈 손에는 시뻘겋게 타오르는 횃불을 들고 있었다. 그들의 볼은 핏기가 없고, 이마 주위는 머리칼 대신에 성난 뱀이 휘감고 있었다. 무서운 분장으로 원을 그리면서 성가를 부르고 있었다. 그 노래는 죄를 지은 자들의 심장을 찢고, 그들의 모든 감각을 마비시켰다. 노랫소리는 위로 올라가 퍼져 악기소리를 압도하고, 판단력을 박탈하고 심장을 마비시키고 혈액을 응결시켰다.

　"마음이 정결하고 죄 없는 자는 행복할지어다! 우리 복수자는 그들에게 손을 대지 않을 것이니. 그러나 남몰래 살인을 한 자는 불행할지어다. 우리 '밤'의 무서운 동족들은 그의 몸을 노리고 있다. 그런 자가 우리를 피할 수 있겠는가? 우리는 그를 추격하여 더 빨리 날리라. 우리의 뱀들을 발에 감기게 하리라. 그리고 땅 위에 넘어뜨리리라. 집요하게 추격하리라. 어떠한 동정심도 우리가 가는 길을 막지 못하리라. 죽을 때까지 추격 또 추격하여, 조금의 안정도 휴식도 주지 않으리라."

　복수의 여신들은 이같이 노래를 부르며 장엄한 운율에 맞추어 춤을 추었다. 그러자 인간 세상을 초월한 듯한 죽음과 적막이 온 극장 안을 지배하였다. 마침내 그들은 장엄한 발걸음으로 무대를 한 바퀴 돌고는 그대로 뒤쪽으로 사라졌다.

　보는 이들의 심장은 환상과 실체 사이에서 고동쳤으며, 모든 가슴은

형언할 수 없는 공포로 두근거렸고, 숨겨진 범죄를 감시하고 운명의 실타래를 감고 있는 보이지 않는 무서운 힘 앞에서 떨었다. 그 순간 제일 위쪽에 있는 좌석으로부터 부르짖는 소리가 들렸다.

"보라! 보라! 친구여, 저기 이비코스의 두루미들이 있다."

그러자 갑자기 공중을 가로질러 검은 물체가 나타났는데, 그것은 언뜻 보아도 극장의 바로 위를 날고 있는 두루미떼가 분명했다.

"뭐라고? 이비코스라고?"

이 사랑스러운 이름은 모든 가슴 속에 슬픔을 소생시켰다. 바다 위에 물결이 연달아 일어나듯이 다음과 같은 말소리가 들려왔다.

"이비코스, 우리가 다 슬퍼하고 있는 그 사람, 어떤 살인자의 손에 걸려 죽은 그 사람, 두루미와 그 사람이 무슨 관계가 있을까?"

말소리가 점점 높아지자 전광과 같이 모든 사람들의 심중에 떠오르는 생각이 있었다.

"복수의 신의 힘이다. 저 경건한 시인의 원수를 갚아야 한다! 살인자 스스로 자신을 고발했다. 처음에 부르짖은 자와 그 자와 말을 한 상대를 잡아라."

범인은 할 수만 있었다면 자기의 말을 취소하고 싶었을 것이다. 그러나 때는 이미 늦었다. 살인자들의 얼굴은 공포로 창백해져서 자신들의 죄를 폭로하고 있었다.

시모니데스의 시

　시모니데스는 그리스의 초기 시인들 중에서 가장 시를 많이 발표했으나 오늘날 몇 개의 단편만이 전해지고 있을 뿐이다. 그가 쓴 것으로는, 찬가, 송가, 비가가 있다. 그중에 그는 특히 비가에서 우수했다. 그는 감동적인 시작에 능했으며, 인간의 심금을 울리는 데 누구보다도 뛰어났다.

　그의 시「다나에의 비탄」은 현존하는 시의 단편 중에서 가장 중요한 것인데, 그것은 다나에와 그의 아기가 부친 아크리시오의 명령에 의하여 상자 속에 갇혀서 바다에 띄워졌다는 전설에서 취재한 것이었다. 상자는 세리포스 섬에 표류하여 그곳에서 어부 딕티스가 두 사람의 생명을 구해 그 나라의 왕 폴리덱테스에게 데리고 갔는데, 왕은 그들을 받아들여 보호해주었다. 아들 페르세우스는 성장하자 유명한 영웅이 되었다.

　시모니데스는 그의 생애의 대부분을 왕궁의 궁정에서 보냈다. 종종 송가와 축가를 부탁받아 지었는데 그들의 공적을 시로 읊어주어 후한 사례를 받았다. 이와 같이 부탁을 받아 시를 짓고 그 보수를 받는다는 것은 그리 불명예스러운 일은 아니었다. 옛날 시인들, 예컨대 호메로스가 기록하고 있는 데모도코스라든지 또 전설에 의하면 호메로스 자신까지도 이와 비슷한 일을 했다.

　시모니데스가 테살리아의 왕 스코파스의 궁정에 머물고 있을 때 왕은 주연 석상에서 낭독시키기 위하여 자기의 공적을 찬미한 시를 지어달라고 그에게 부탁했다. 경건한 시인으로 널리 알려져 있는 시모니데스는 시의 제재를 다채롭게 하기 위하여 카스토르와 폴리데우케스의 공훈을 인용했다. 만일 다른 시인들이 시를 짓는다고 하여도 같은 인용을 했을 것이다. 보통 사람 같으면 자기가 레다의 아들과 같이 찬사를 받은 것을 만족스럽게 생각했을 것이다.

　그러나 허영심은 끝이 없는 법. 스코파스는 향연의 식탁에서 신하들과 아부하는 자들 가운데 앉아 있을 때 자기 자신을 찬미하지 않은 시행은 다 불만스럽게 생각했다. 시모니데스가 약속한 보수를 받으려고 앞으로 나왔을 때 스코파스는 다음과 같이 말하면서 반액밖에는 주지 않았다.

　"너의 노래에 대하여 내 몫만 지불하겠다. 나머지는 카스토르와 폴리데우케스가 지불할 것이다."

　당황한 시인은 왕의 조롱과 웃음 속에서 자기 자리로 돌아왔다. 잠시 후에 그는 말을 탄 두 젊은이가 밖에서 그를 만나고자 기다리고 있다는 전언을 받았다. 시모니데스는 문 밖으로 나가보았으나 자기를 찾는 자를 발견하지 못했다. 그러나 그가 연회장을 떠나자마자 지붕이 큰 소리를 내며 무너져내려 스코파스와 그의 모든 손님들은 그 밑에 매몰되었다. 그를 부른 젊은이는 대체 누구였을까?

　시모니데스는 그들이 다름 아닌 카스토르와 폴리데우케스 두 사람이라고 확신했다.

그리스의 여류시인 사포

사포는 그리스 문학의 가장 초기에 활약했던 여류시인이다. 그녀의 저작 중에서 현존하는 것은 몇 개의 단편밖에 없는데, 그것만으로도 그녀가 우수한 천재 시인임을 입증하기에 충분하다. 사포 하면 보통 생각나는 이야기에 다음과 같은 것이 있다.

그녀는 파온이라는 아름다운 청년을 열렬히 사랑했으나 그의 사랑을 받지 못했다. 그 때문에 레우카디아 바위 위에서 바다에 몸을 던졌는데, 그것은 '사랑의 투신'을 하는 자는 죽지만 않으면 그 사랑이 치유된다는 미신에 연유한 것이었다.

Jacques-Louis David_사포와 파온(1809)

16

목동 엔디미온

    엔디미온은 라트모스 산상에서 양을 기르고 있던 아름다운 청년이었다. 어느 조용하고 청명한 밤에 달의 여신 아르테미스가 하계를 내려다보니 이 젊은이가 잠자고 있는 모습이 눈에 띄었다. 처녀신의 차가운 심장이 뛰어난 아름다움에 의해 비로소 따뜻해지기 시작했다. 여신은 그에게 다가가 키스하고 잠자는 동안 그를 지켜주었다.

    또 다른 전설에 의하면 제우스가 그에게 영원한 청춘과 영원한 잠을 주었다는 것이다. 그 외에 이야기할 것은 극히 적다. 아르테미스가 그가 잠자고 있는 동안에 그의 재산이 손상됨이 없도록 돌보아주었다는 사실만이 전부이다. 즉, 그의 양떼가 순조롭게 번식할 수 있도록 야수로부터 지켜주었다는 것이다.

Langlois Jerome Martin_셀레네와 엔디미온

오리온의 비극적인 사랑

오리온은 포세이돈의 아들이다. 아름다운 거인이었고, 또 힘센 사냥꾼이었다. 그의 아버지는 그에게 바닷속을 걸어가는 힘을 주었다. 또 다른 설에 의하면 바다 위를 걸을 수 있는 힘을 주었다고도 한다.

오리온은 키오스 섬의 왕 오이노피온의 딸 메로페를 사랑하여 그녀에게 구혼했다. 그는 섬에 있는 야수를 사냥하고 그 가죽을 선물로 그녀에게 바쳤다. 그러나 오이노피온이 차일피일 승락을 미루었으므로 오리온은 메로페를 강제로 자기의 것으로 만들려고 했다. 그녀의 아버지는 이 행위에 분노하여 오리온을 술에 취하게 한 후 두 눈을 뽑아내고 해변에 버렸다.

장님이 된 이 영웅은 외눈박이 거인족(키클로프스)의 망치소리를 따라 길을 더듬어 렘노스 섬에 도착하여 헤파이스토스의 대장간으로 갔다. 헤파이스토스는 그를 불쌍히 여겨 케달리온이라는 직공으로 하여금 그를 아폴론의 거처로 안내하도록 했다. 오리온은 케달리온을 어깨에 메고 동쪽으로 향하여 나아갔다. 그리고 그곳에서 태양의 신을 만나 그의 광선으로 시력을 되찾았다.

오리온 자리

    그 후에 그는 사냥꾼으로서 아르테미스와 함께 살았다. 그는 이 여신을 아주 좋아했던 것이다. 그녀가 장차 그와 결혼하리라는 풍문까지 나돌게 되자, 여신의 오빠인 아폴론은 이를 대단히 불쾌하게 생각하여 그녀를 종종 꾸짖었으나 아무 효과가 없었다.

어느 날 아폴론은 오리온이 머리를 수면 위에 가까스로 내놓고 바다를 건너는 것을 보고 누이에게 그것을 가리키며, 네 솜씨로는 저 바다 위의 검은 것을 맞힐 수 없을 것이라고 부추겼다. 그러자 활의 명수인 여신은 그 운명의 대상을 향해 활을 명중시켜 보였다. 파도가 오리온의 시체를 해안으로 몰아왔다. 아르테미스는 자기의 운명적인 실수에 통곡하고 오리온을 별 가운데에 놓았다.

그는 그곳에서 허리띠를 하고, 칼을 차고 사자의 모피를 몸에 두르고 곤봉을 손에 쥔 거인의 모습으로 있다. 사냥개인 세이리오스가 뒤를 따르고 플레이아데스가 앞에서 날듯이 달아나고 있다.

플레이아데스란 아틀라스의 딸들을 가리키며, 아르테미스의 시녀인 님프들이었다. 어느 날 오리온은 그녀들을 보고서 매혹되어 쫓았다. 당황한 그녀들은 신들에게 자신들을 변신시켜달라고 기도했다. 그러자 제우스는 불쌍히 여겨 그녀들을 비둘기로 변하게 하여 하늘의 성좌로 올려놓았다.

그녀들의 수는 일곱이었으나 보이는 것은 여섯 개뿐이다. 그것은 그녀들 가운데 하나인 엘렉트라가 그녀의 아들인 다르다노스가 세운 트로이 함락을 보지 않으려고 피했기 때문이다. 그녀의 자매들은 함락된 광경을 보고 속이 상한 나머지 그 후로는 늘 안색이 창백했다.

새벽의 여신 에오스와
불멸의 인간 티토노스

새벽의 여신 에오스는 그 언니인 달의 여신(아르테미스)과 같이 인간에 대한 연정에 사로잡힐 때가 종종 있었다. 그녀가 가장 총애한 것은 트로이의 왕 라오메돈의 아들 티토노스였다. 그녀는 그를 납치해와 제우스를 설득하여 그에게 영원한 생명을 주도록 했다.

그러나 영원한 생명과 더불어 영원한 젊음을 청하는 것을 잊은 그녀는 늙어가는 그의 모습을 보고 대단히 마음 아파했다. 그리고 백발이 되었을 때, 그녀는 그와의 교제를 끊었다. 그러나 그는 여전히 그녀의 궁전 일대에서 살면서 신의 음식을 먹으며 하늘의 옷을 입고 있었다. 그가 수족을 움직일 수 없게 되자 그녀는 그를 방안에 가뒀는데, 점점 기력이 쇠하는 소리가 들려왔다. 마침내 그녀는 그를 메뚜기로 만들었다.

멤논은 에오스와 티토노스 사이에서 태어난 아들이다. 그는 이디오피아 왕으로서 동쪽 끝에 있는 오케아노스 해안에 살고 있었다. 그리고 트로이 전쟁 때에는 아버지의 친족을 도우려고 군대를 이끌고 왔다. 프리아모스 왕은 그를 정중히 맞아들였다. 멤논이 오케아노스 해안의 경이스러운 일들을 이야기할 때면 프리아모스는 감탄하면서 경청했다.

Guido Reni_에오스

　트로이에 도착한 다음 날 멤논은 쉬지 않고 바로 그의 군대를 이끌고 싸움터로 나갔다. 네스토르의 용감한 아들 안틸로코스이 그의 손에 의해서 피살되자 그리스인들은 싸움에 패해 달아났다.

　그러나 아킬레우스가 나타나 전세를 역전시켰다. 이로부터 이 아킬레우스와 에오스의 아들 사이에 오랜 격전이 시작되었다. 그리고 마침내 승리는 아킬레우스에게 돌아가고 멤논은 전사하고 트로이군은 패주했다.

　공중의 거처로부터 아들의 위험을 걱정하면서 바라보고 있던 에오스는 그가 쓰러지는 것을 보자, 그의 형제인 바람의 신들에게 명하여 그의 시체를 파플라고니아의 아이세포스 강가에 운반토록 했다.

　저녁이 되자 에오스는 시간의 여신들과 플레이아데스들을 데리고 와서 죽은 아들을 보고 통곡했다. 밤의 여신도 그녀의 슬픔에 동정하여 구름으로 하늘을 덮었다. 천지만물은 새벽의 여신의 아들을 애도했다. 이디오피아인들은 님프들의 숲 속을 흐르는 강가에 그의 묘를 세웠다. 그리고 제우스는 그의 시체를 화장하는 나무더미의 불똥과 재를 새로 변하게 했는데, 화장하기 위해 새로 만들어놓은 나무가 죽은 날이 오면 새들은 다시 돌아와서 같은 방법으로 그의 장례를 거행한다. 에오스는 아들을 잃은 것을 잊을 수 없어서 지금까지도 눈물을 흘리고 있는데, 우리는 매일 아침 풀 위에 내린 이슬의 형태로 그녀의 눈물을 볼 수 있는 것이다.

이 멤논의 이야기는 고대 신화 속의 많은 이상한 이야기와는 달리, 그 기념할 만한 것이 남아 있다. 이집트의 나일 강변에 두 개의 거대한 상이 서 있는데, 그 하나가 멤논의 상이라고 일러지고 있다. 그리고 고대 작가들의 기록에 의하면 아침 해의 최초의 빛이 이 상에 닿으면 상에서 소리가 들리며 그 소리가 마치 하프의 현을 타는 소리와 흡사하다고 씌어 있다.

석상 속에 들어 있는 공기가 그 틈새나 동혈에서 빠져나갈 때 내는 소리라는 과학적인 증거가 멤논의 이야기에 근거를 주고 있다.

아키스와 갈라테이아의 비운의 사랑

스킬라는 옛 시켈리아에 사는 아름다운 처녀로서 님프들의 총애를 받고 있었다. 구혼자가 많았으나, 그녀는 그들을 뿌리치고 바다의 님프 갈라테이아의 동굴에 가서 구혼자들 때문에 성가셔 못 살겠다는 이야기를 했다. 자기의 머리를 빗겨주는 스킬라의 이야기를 듣고 여신이 대답했다.

"너를 성가시게 구는 자는 인간이니까 대단한 것이 아니다. 싫으면 물리칠 수도 있으니까. 나는 네레우스의 딸이요, 여러 자매들의 수호를 받고 있지만 바닷속 깊이 들어가지 않는 이상 폴리페모스의 연모를 피할 수 없단다."

여기까지 말하고는 눈물이 흘러 더 말을 계속할 수 없었다. 그래서 동정심이 많은 스킬라는 섬세한 손가락으로 눈물을 씻어 주며, 여신을 위로하며 말했다.

"원컨대 당신의 슬픔의 원인을 말해주십시오."

그러자 갈라테이아는 다음과 같은 이야기를 했다.

"아키스는 파우누스와 님프 나이아스와의 사이에서 태어난 아들이었다. 그의 부모는 어머니는 그를 몹시 사랑했으나, 나의 사랑에 필적할 수는 없었다. 그때 그는 방년 23세로서 털이 양 볼에 가뭇가뭇하게 나기 시작했지. 내가 그와의 교제를 원하는 마음이 깊어 졌을 때 폴리페모스는 나와의 교제를 원했다. 아키스를 사랑하는 마음과 폴리페모스를 싫어하는 마음과 어느 편이 더 강했느냐고 묻는다면, 그것은 대답할 수 없지. 같은 정도였으니까. 오, 아프로디테여, 당신의 힘의 위대함이여!

무서운 거인, 숲의 공포, 어떠한 길손도 피해를 받지 않은 사람이 없었던 자로 불리던 이가 사랑이 무엇인지를 알게 되었다. 그리고 나에 대한 연정에 사로잡혀 그의 양떼와 곡식이 가득 찬 동굴도 잊었다. 그리고 처음으로 외모를 돌보기 시작하고 나의 마음에 들도록 노력하게 되었단다. 헝클어진 머리칼을 빗으로 빗었고 수염은 낫으로 베고 거친 용모를 물속에 비춰보아 얼굴을 가다듬었다. 살육을 좋아하는 사나운 성질도 피를 갈망하는 성질도 가라앉히고, 그의 섬에 들르는 선박도 무사히 통과시켰다. 큰 발자국을 남기며 해안을 이리저리 걸어다녔고 피곤하면 동굴 속에서 조용히 쉬었단다.

그곳에는 바다에 돌출한 절벽이 있었는데, 그 양안에서 물결이 출렁거렸다. 어느 날 폴리페모스는 그곳에 올라 앉아 있었지. 양 떼는 주위에서 놀고 있었고 배의 돛대로도 쓸 수 있을 만큼 큰 지팡이를 옆에 놓고, 악기를 손에 들고서 노랫소리를 산과 바다에 울리게 하였다.

나는 그때 사랑하는 아키스와 바위 밑에 숨어서 멀리서 들려오는 거인의 노랫소리에 귀를 기울이고 있었지. 그 노래는 나의 아름다움을 한없이 찬미하는 동시에 나의 무정함과 잔인함을 맹렬히 비난하는 것이었단다.

노래를 끝내자 그는 일어섰다. 그리고 가만히 서 있을 수 없는 성난 황소처럼 숲 속으로 걸어왔다. 돌연 그는 우리가 앉아 있는 곳으로 와 부르짖었다.

'나는 너희를 보았다. 이것이 너희의 밀회의 최후가 되도록 하겠다.'

그의 목소리는 성난 키클로프스만이 할 수 있는 포효였다. 아이트나 산은 그 소리에 떨고 나는 두려움을 이기지 못해 바닷속으로 들어갔지. 아키스는 부르짖으며 몸을 돌려 도망쳤다.

'날 살려줘요, 갈라테이아, 날 살려주세요. 아버지, 어머니.'

폴리페모스는 그를 추적했지. 그리고 산의 바위를 떼어내어 그를 향해 던졌다. 바위의 한쪽이 그에게 닿았을 뿐이었지만 결국 그를 박살내고 말았지.

나의 힘이 미치는 한까지 그를 보호하기 위해 노력했다. 나는 하신인 그의 조부가 지닌 여러 영예를 그에게도 부여했다. 자줏빛 피가 바위 밑으로부터 흘러나오더니, 점점 창백해지며, 비에 흐트러진 시냇물같이 보였다. 그러다 마침내는 맑아졌다. 바위가 갈라져 열리더니, 그 사이로부터 물이 솟아나오면서 즐겁게 속삭였지."

이리하여 아키스는 강으로 변형되었고, 그 강을 아키스라고 부르게 되었다.

Francois Perier_아키스와 갈라테이아(1649)

트로이 전쟁

아테나는 지혜의 여신이었지만, 어리석은 짓을 한 경우도 있었다. 그것은 바로 헤라 및 아프로디테와 자신의 아름다움을 경쟁한 것이었다.

펠레우스와 테티스의 결혼식 때 불화의 여신 에리스를 제외한 모든 신들이 초대를 받았다. 자기만을 제외한 것에 분노한 에리스는 손님들이 앉아 있는 연회석 가운데에다가 황금 사과를 하나 던졌는데, 그 사과에는 '가장 아름다운 여신에게'라고 씌어져 있었다. 헤라와 아프로디테와 아테나는 제각기 그 사과가 자기 것이라고 주장했다. 제우스는 이 미묘한 문제에 판결을 내리기를 원치 않아서 여신들을 이데 산으로 보냈다.

그곳에는 아름다운 양치기 파리스가 제우스의 양떼를 돌보고 있었는데, 그에게 그 심판이 맡겨졌다. 여신들은 저마다 파리스 앞에 나타났다. 각기 자기에게 유리한 판결을 받기 위하여, 헤라는 파리스에게 권력과 부를, 아테나는 전쟁에서의 영광과 공명을, 아프로디테는 가장 아름다운 여자를 아내로 주겠다고 약속했다.

파리스는 아프로디테의 편을 들어 그녀에게 황금 사과를 주었다. 이리하여 다른 두 여신은 그의 적이 되었다. 파리스는 아프로디테의 보호

아래 그리스로 항해하여 스파르타 왕 메넬라오스의 환대를 받았다. 그런데 메넬라오스의 아내 '헬레네'야말로 가장 아름다운 여인으로, 아프로디테가 파리스의 아내로 예정한 바로 그 여인이었다.

과거 그녀에게는 구혼자가 많았다. 그리고 그녀가 결정하기 전에, 그들은 구혼자 중의 한 사람이었던 오디세우스의 권유에 따르기로 하여, 그녀를 모든 위험으로부터 지켜내고, 필요한 경우에는 그녀를 위하여 구혼자 모두 복수에 나설 것이라 서약했다.

그녀가 메넬라오스를 선택하여 행복하게 살고 있을 때, 파리스가 손님으로 왔다. 파리스는 아프로디테의 도움을 받아 그녀를 설득하여 트로이로 데리고 갔다. 이로부터 유명한 트로이 전쟁이—호메로스나 베르길리우스가 노래한 고대의 가장 위대한 시의 주제가 된 전쟁— 일어나게 된 것이다.

메넬라오스는 과거 구혼자들이었던 그리스의 족장들에게 서약을 이행하여 자기의 아내를 탈환하는 데 협력해달라고 청했다. 그들은 대부분 이에 응해서 출정했다. 그러나 오디세우스는 페넬로페와 결혼하여 행복하게 지내고 있었으므로, 이와 같이 귀찮은 일에 손을 댈 생각이 없었다. 그래서 그는 팔라메데스가 이타케에 도착하자, 미친 척하여 나귀와 황소를 쟁기에 매고 종자 대신 소금을 뿌리기 시작했다. 팔라메데스가 그를 시험하기 위하여 그의 어린 아들 텔레마코스를 쟁기 앞에다 놓았더니, 그는 쟁기를 옆으로 비켰다. 이로써 그가 미치지 않았다는 것이 증명되었으며, 일찍이 맹세했던 서약을 거절할 수 없게 되었다.

이제는 자기 자신이 그 일에 참가하게 되었으므로, 오디세우스는 참가하기 싫어하는 다른 족장들, 특히 아킬레우스를 참가시키는 데 힘썼다. 아킬레우스는 에리스가 분쟁의 황금 사과를 연회석에 던졌던 바로 그 결혼식의 주인공이었던 테티스의 아들이었다.

테티스 자신은 바다의 님프로서 신의 위치에 있었다. 그래서 자기 아들이 원정에 참가하면 트로이 전선에서 죽을 운명이라는 것을 알고는 아들의 참전을 막으려고 노력했다. 그녀는 그를 리코메데스 왕의 궁정으로 보내어, 여자로 변장하고 왕의 딸들 사이에 몸을 숨기도록 했다.

오디세우스는 아킬레우스가 그곳에 있다는 말을 듣고, 상인으로 변장하여 궁정으로 갔다. 그리고 여자의 장식품을 팔려고 내놓았는데, 그 속에 약간의 무기도 섞어두었다. 그러자 왕의 딸들은 장식품에 열중한 반면, 아킬레우스는 무기를 만졌다. 그 덕분에 오디세우스에게 정체가 발각되었다. 오디세우스는 그를 설득하여 어머니의 신중한 권고를 무시하고 다른 이들과 같이 전쟁에 참가하도록 하는 데 성공했다.

프리아모스는 트로이의 왕이었고, 양치기면서 헬레네를 유혹했던 파리스의 아버지였다. 프리아모스는 파리스를 남몰래 양육하였다. 그가 장차 국가의 화근이 되리라는 불길한 예언이 전해지고 있었기 때문이었다. 이 예언은 마침내 실현될 것같이 보였다. 그리스군이 전에 없었던 대규모의 군비를 갖추고 있었기 때문이었다. 미케네의 왕이요, 피해를 입은 메넬라오스의 형 아가멤논이 총지휘자로 선출됐다.

아킬레우스는 그들 중에서 가장 유명한 무장이었다. 그다음은 아이아스였는데, 그는 몸집이 크고 대단히 용감했으나, 머리가 둔했다. 또한 디오데스는 영웅다운 자질에서 아킬레우스 다음 가는 장수였다. 오디세우스는 지혜로 유명했으며, 네스토르는 그리스군의 지휘자 가운데 최연장자로서 고문으로 존경을 받았다.

그러나 트로이도 만만한 상대는 아니었다. 파리스의 아버지인 국왕 프리아모스는 이제는 늙었으나 젊었을 때에는 현명한 군주로서 국내에서는 선정을 베풀고 국외로는 이웃 여러 나라들과 동맹을 체결하여 국력을 증강하였다. 그리고 그가 왕위를 유지하는 데 가장 중요한 기둥이었던 아들 헥토르는 고대 이교도 가운데 가장 고귀한 인물 중의 하나였다.

헥토르는 처음부터 조국의 멸망을 예감했지만, 맞서 싸울 준비를 하였다. 안드로마케와 결혼한 남편으로서, 아버지로서, 장수로서의 품위를 지키고 이에 어긋나지 않게 훌륭하게 행동했다. 헥토르 이외에 트로이군의 가장 중요한 지휘자로는 아이네이아스, 데이포보스, 글라우콧, 사르페돈 등이 있었다.

2년간 전비를 갖춘 다음, 그리스 함대와 군대는 보이오티아의 아울리스 항에 집결했다. 이곳에서 아가멤논은 수렵을 하다가 아르테미스에게 봉헌된 수사슴을 죽였다. 그러자 여신은 그 복수로 군대 안에 악질을 퍼뜨리고, 배를 항구로부터 떠나지 못하게끔 바람을 잠들게 했다.

이때 예언자 칼카스는 신의 노여움을 가라앉히기 위해서는 처녀를 그 제단에 희생물로 제공하는 외에는 도리가 없고, 그 제물로는 범죄자의 딸 이외에는 용납되지 않으리라고 선언했다. 아가멤논은 아무리 싫더라도 승낙하지 않을 수 없었다. 그래서 딸 이피게네이아를 아킬레우스와 결혼시킨다는 구실 아래 불러왔다. 그녀가 희생되려는 순간 여신은 노여움을 풀고, 그녀가 있던 자리에 암사슴을 한 마리 남겨놓고 그녀를 데려와 구름으로 몸을 가리고 타우리스로 데리고 가서는 자기 신전의 사제로 삼았다.

이윽고 순풍이 불어서 함대는 출범하여 무사히 군대를 트로이 해안에 옮겨놓았다. 트로이군은 그리스군의 상륙을 저지하려고 진격하였다. 최초의 공격에서 프로테실라오스는 헥토르의 손에 전사했다.

프로테실라오스는 그를 가장 사랑하는 아내 라오다메이아를 집에 남겨놓았다. 남편이 전사했다는 통지를 접하자, 그녀는 세 시간만이라도 남편과 만나게 해달라고 신들에게 탄원했다. 그리고 이 탄원은 허용되었다.

헤르메스가 프로테실라오스를 이 세상으로 다시 데리고 왔다. 그가 두 번째로 죽을 때 라오다메이아도 그와 더불어 죽었다. 전설에 의하면, 님프들이 그의 무덤 주위에 느릅나무를 여러 그루 심었는데 이 나무들은 트로이를 바라볼 수 있을 정도로 높이 자란 후에 말라죽고는 다시 뿌리로부터 새로운 가지가 나왔다고 한다.

일리아드

전쟁은 결정적인 승패 없이 9년 동안 계속되었다. 그러던 차에 그리스군에 치명적이라고도 할 만한 사건이 일어났는데 아킬레우스와 아가멤논 사이의 불화였다. 호메로스의 위대한 서사시 『일리아드』는 여기서부터 시작된다.

그리스군은 트로이에게서 승리를 거두지 못하였으나, 그 이웃에 있는 동맹국을 공략하였다. 그리고 전리품을 나눌 때, 크리세이스라는 여자 포로가 아가멤논의 차

호메로스

지가 되었다. 크리세이스는 아폴론의 사제 크리세스의 딸이었다. 그래서 크리세스는 사제의 표지를 몸에 지니고 와서 딸을 방면해주기를 간청했다. 아가멤논이 거절했으므로 크리세스는 자기의 딸을 내놓기 전까

지 그리스군을 괴롭히도록 아폴론에게 탄원했다.

아폴론은 사제의 기원을 들어주어, 악질을 그리스군 진영에 보냈다.

이리하여 신들의 분노를 가라앉히고 역병을 피할 방책을 강구하기 위해 회의가 소집되었다.

아킬레우스는 대담하게 그들의 재난이 크리세이스를 억류한 데 기인한 것이라 하여, 그 책임을 아가멤논에게 전가시켰다. 아가멤논은 노하여 포로를 석방하는 데 동의했으나, 그 대신 전리품을 나눌 때 아킬레우스의 차지가 된 브리세이스를 자기에게 양도하라고 요구했다.

아킬레우스는 이에 동의하였으나, 이후 전쟁에서 손을 떼겠다고 선언했다. 바로 군대를 본진에서 퇴각시키고, 그리스로 돌아가겠다는 의도를 알렸다.

남녀 신들도 이 유명한 전쟁에 당사자들과 마찬가지로 관심을 가졌다. 신들은 그리스군이 전쟁을 포기하지만 않으면 결국엔 트로이가 패배할 운명이라는 것을 잘 알고 있었다. 그러나 양군에 각각 가담한 신들의 희망과 근심을 자극할 여지는 아직 남아 있었다.

헤라와 아테나는 파리스에게 자기들의 미를 무시당했으므로 트로이군에게 적의를 품고 있었다. 아프로디테는 그와 상반된 이유로 트로이군 편을 들었다. 아프로디테는 자기를 숭배하고 있는 아레스를 트로이편에 가담케 했으나 포세이돈은 그리스 편을 들었다. 아폴론은 중립을 지켰으나, 때론 이쪽 편을, 때론 다른 편을 들었다. 제우스 자신은 명군 프리아모스를 사랑했으나, 어느 정도 공평한 태도를 잃지 않았다. 그러나 예외의 경우도 있었다.

아킬레우스의 어머니 테티스는 자기의 아들에게 가해진 모욕에 몹시 노했다. 그래서 제우스의 궁전으로 가서 트로이군에게 승리를 주어 그리스군이 아킬레우스에게 가한 비행을 후회하도록 만들어달라고 애원했다. 이에 제우스는 승낙했다.

그다음 행해진 전투에서는 트로이군이 크게 낙승했다. 그리스군은 싸움터에서 쫓겨나 배 안으로 퇴각했다.

아가멤논은 회의를 열어 가장 현명하고 용감한 장수들로부터 의견을 들었다. 네스토르는 아킬레우스에게 사절을 보내 싸움터에 귀환하도록 설득할 것과, 아가멤논의 비행을 보상하기 위하여 분쟁의 원인인 여인에게 선물을 많이 주어서 아킬레우스에게 돌려보내라고 충고했다. 아가멤논은 승낙하여, 오디세우스와 아이아스와 포이닉스를 사죄사로 파견했다. 그들은 임무를 충실히 수행했다.

아킬레우스는 그들의 간청을 듣지 않았다. 전장으로 되돌아가는 것을 완강히 거부하고 지체함이 없이 그리스로 배를 돌릴 것이라 주장했다.

그리스군은 배 주위에 방벽을 구축하였다. 그래서 그들은 이제는 트로이를 공격하는 대신 그 안에서 오히려 내전을 벌였다. 아킬레우스에게 사절을 파견했으나 성공하지 못한 다음 날, 새로운 전투가 벌어졌다.

트로이군은 제우스의 구원으로 승리를 거둔 후에, 그리스군의 방벽 일부를 뚫어 배에다 불을 지르려고 했다. 포세이돈은 그리스군의 이러한 궁세를 보고 구원하러 나섰다. 그는 예언자인 칼카스의 몸으로 변장하고 나타나 큰소리로 장병들을 격려하고 병사 한 사람 한 사람에게 호소하며 다녔다. 그 때문에 그리스군의 사기도 크게 충천해 트로이군을 퇴각시킬 수 있을 정도가 되었다.

아이아스는 여러 용감한 행위를 했으며, 마침내 헥토르와 대전하게 되었다. 아이아스가 도전하자 헥토르는 이에 응답하여 거대한 장수인 아이아스에게 창을 던졌다. 그것은 너무나도 정확하게 아이아스의 가슴

위에 칼과 방패를 맨 띠가 십자형으로 교차된 곳을 정확히 맞혔다. 그러나 칼과 방패가 창이 관통하는 것을 막았기 때문에 부상도 입히지 못하고 땅에 떨어졌다. 이에 아이아스는 큰 돌을—이것은 배를 버티어두는 돌이었다—집어들고 헥토르를 향해 던졌다. 헥토르는 목에 돌을 맞고 땅에 넘어졌다.

이같이 포세이돈이 그리스군을 원조하여 트로이군을 물리치고 있을 동안에 제우스는 어떤 일이 일어나고 있는지 전혀 모르고 있었다. 헤라의 간계에 의하여 싸움에 주의를 기울일 수 없었기 때문이었다. 헤라는 갖은 수단을 써서 매력적으로 치장을 했는데 특히 케스토스라는 허리띠를 아프로디테로부터 빌린 것은 특기할 만하다. 이 허리띠는 지닌 자의 매력을 더할 수 없을 정도로 높이는 능력을 가지고 있었기 때문이다. 이렇게 몸을 꾸미고서 헤라는 올림포스 산 위에 앉아서 전투를 내려다보고 있던 남편 곁으로 갔다. 매력적인 그녀를 보자 제우스는 지난날 불타던 사랑이 다시 되살아났다. 전쟁도, 그 밖의 다른 임무도 잊어버리고 그녀만을 생각하느라 전쟁은 방치하고 말았다.

그러나 이러한 상태는 오래 계속되지 않았다. 제우스는 눈을 밑으로 돌려 헥토르가 부상을 입어 고통을 당하고 거의 생명이 끊어질 지경임을 보고서 크게 노하여, 헤라를 물러가게 하고 이리스와 아폴론을 불러오라고 명령했고 이리스를 포세이돈에게 보내어 속히 싸움터를 떠나라고 엄명했다. 또 아폴론은 헥토르의 부상을 치료하고 생기를 되찾아주기 위하여 파견되었다. 제우스의 명령은 순식간에 이행되어 아직 전투가 한창일 때 헥토르는 싸움터로 되돌아갔고 포세이돈은 자기의 영지로 물러갔다.

파리스가 쏜 화살에 아스클레피오스의 아들 마카온이 부상당했다. 그는 아버지의 의술을 계승하였으므로, 군의로서 그리스군에게 없어서는 안 될 인물이었다. 네스토르는 마카온을 그의 이륜차에 태우고 이송했다. 그들이 아킬레우스의 함대 곁을 지날 때 아킬레우스는 늙은 네스토르를 알아보고, 파트로클로스를 네스토르의 진영에 보내어 벌어진 일에 대하여 알아오도록 했다.

파트로클로스는 네스토르의 진영에 도착하여 마카온이 부상당한 것을 보았다. 자기가 내방한 이유를 말하고 바로 돌아가려고 하였는데, 네스토르가 그를 막아서서 그리스군의 비참한 상황을 모두 이야기했다.

네스토르의 얘기를 듣고 파트로클로스는 아킬레우스와 자기가 트로이를 향하여 출발할 때 각자의 아버지로부터 충고를 받은 것을—아킬레우스는 최대의 공명을 올리도록, 파트로클로스는 연장자로서 그의 친구를 감독하여 그의 미숙함을 지도해주도록 하라는 충고를 받은 것— 상기했다. 네스토르는 말을 계속했다.

"지금이야말로 그대들 아버지의 충고를 이행할 시기요. 신들이 허용한다면 그대는 아킬레우스를 다시 싸움터에 나오게끔 할 수 있을 것이오. 그렇지 않으면 그의 군대라도 싸움터에 보내도록 해주시오. 그리고 그대 파트로클로스는 아킬레우스의 갑옷을 입고 나오시오. 그러면 그 광경만 보아도 트로이군은 달아날 것이오."

파트로클로스는 네스토르의 이 말을 듣고 감탄했다. 그리고 그가 본 것과 들은 것을 모두 상기하며 아킬레우스가 있는 곳으로 속히 돌아갔다. 그는 최근까지 자기들의 간부였던 네스토르의 진영에서 본 비참한 상황을 아킬레우스에게 말했다.

디오메데스, 오디세우스, 아가멤논, 마카온 같은 장군들이 다 부상을 입었으며, 방벽은 파괴되고 함선 속에 침입한 적들이 군함을 불살라서 그리스군이 고국으로 돌아갈 모든 수단을 없애려고 한다는 이야기를 했다.

그들이 이와 같은 이야기를 하고 있을 때, 한 함선에서 불꽃이 일어났다. 아킬레우스는 이 광경에 마음이 풀려 파트로클로스에게 그의 소원대로 미르미도네스(아킬레우스의 병사들은 이렇게 불렸다)를 싸움터에 인솔해갈 것을 허용하고 갑옷도 빌려주었다. 파트로클로스가 그의 갑옷을 입음으로써 트로이군 심중에 공포를 환기시키려는 생각에서였다. 곧 병사들이 정렬되고, 파트로클로스는 찬란한 갑옷을 입고 아킬레우스의 이륜차에 올라타고 병사들의 선두에 나섰다.

떠나기 전 아킬레우스는 파트로클로스에게 적을 물리칠 정도에 그치라고 엄중히 당부했다.

"나 없이 트로이군을 추격하지는 말라. 그것은 오히려 내 명예를 손상시킬 것이다."

그리고 최선을 다하라고 병사들을 타이르면서 의기충천한 그들을 싸움터로 내보냈다.

파트로클로스와 군대는 곧 격렬한 격전이 벌어진 곳으로 뛰어들었다. 이 광경을 보고서 기쁨에 넘친 그리스군은 소리를 지르고 함선은 이 환호성을 더 크게 되돌려 주었다. 트로이군은 아킬레우스의 갑옷을 보자, 공포에 떨며 달아날 곳을 찾기에 분주했다.

배를 점령하고 불을 지른 자들이 제일 먼저 달아났으므로, 그리스군은 배를 탈환하여 불을 껐다. 그러자 나머지 트로이군도 당황하여 서둘러 도주했다. 아이아스와 메넬라오스와 네스토르의 두 아들은 가장 용감하게 싸웠다. 이 때문에 적장 헥토르는 부득이하게 말머리를 돌려 포위망으로부터 퇴각할 수밖에 없었다. 그의 부하들은 도망치려고 구렁 속에서 허덕거렸다. 파트로클로스는 눈앞에 있는 적병을 쫓고 많은 자를 무찔렀으며, 감히 그에게 저항하는 자가 없었다.

드디어 제우스의 아들인 사르페돈이 파트로클로스와 대전하게 되었다. 제우스는 내려다보고 있다가 사르페돈을 기다리고 있는 운명으로부터 구하려고 하였다. 그러나 헤라는 만약 그런 짓을 하면 다른 신들도 자기들의 자손이 위태롭게 되면 간섭할 것이라고 조언했다. 제우스는 이 말에 따랐다.

사르페돈은 창을 던졌으나, 파트로클로스를 맞히지 못했다. 파트로클로스가 마주 던진 창은 사르페돈의 가슴을 꿰뚫어 쓰러지게 만들었다. 그는 자기의 시체를 적의 손에 넘기지 말라고 친구들에게 호소하면서 절명했다. 그러자 사르페돈의 시신을 두고 격렬한 전투가 벌어졌다. 결국 그리스군이 승리하여 그의 갑옷을 벗겨갔다. 제우스는 아들의 시신이 수모당하는 것을 보고만 있지 않았다. 그의 명령을 받은 아폴론이 병사들 속에서 사르페돈의 시신을 빼앗아 쌍둥이 형제인 '죽음'과 '잠'에게 맡겼다. 그들은 시신을 사르페돈의 고향인 리키아로 이송하였고, 이윽고 장례가 거행되었다.

이때까지는 파트로클로스의 생각대로 성공을 거두어 자기 편의 군세를 올리고 있었다. 그러나 곧이어 운명의 변화가 닥쳐왔다. 헥토르가 이륜차를 타고 그에게 대항해왔다. 파트로클로스는 헥토르를 향하여 커다란 돌을 던졌다. 돌은 말몰이인 케브리오네스에게 맞아 이륜차에서 굴러 떨어지게 하였다. 마침내 두 영웅은 서로 대치하였다.

이 결정적인 순간에서 시인 호메로스는, 헥토르에게 승리의 영예를 주기 싫어하는 것같이 '아폴론이 그의 편을 들어서 파트로클로스에게 대항했다'고 기록하고 있다. 아폴론이 파트로클로스를 쳐서 머리에서 투구를 벗기고 손에서 창을 떨어뜨리게 하였다는 것이다. 동시에 무명의 한 트로이 병사가 그의 등에 상처를 입히자, 헥토르가 돌진하여 창으로 찌르자 파트로클로스는 치명상을 입고 쓰러졌다.

  이번에는 파트로클로스의 시신을 가져가기 위해 무서운 격전이 일어났다. 그 와중에 갑옷만 헥토르의 수중으로 넘어갔다. 헥토르는 조금 물러서서 자기의 갑옷을 벗고 아킬레우스의 갑옷을 입고서 전투를 다시 시작하였다. 아이아스와 메넬라오스는 파트로클로스의 시체를 수호하였고, 헥토르와 그의 가장 용감한 병사들은 그것을 쟁취하려고 싸웠다. 승부를 끝내지 못한 채 격렬한 전쟁이 벌어졌으나, 제우스는 하늘 전면을 검은 구름으로 가렸다. 번갯불이 번쩍이고 천둥이 일어났다. 아이아스는 주위를 돌아보고 아킬레우스에게 친구의 시신이 적의 수중에 들어갈 위기에 처해 있다는 것을 알리기 위한 적당한 사자를 구하려 했으나, 발견할 수가 없었다.

  이때의 그의 외침은 유명한 구절로서 흔히 인용된다.

파트로클로스의 시체를 들고 있는 메넬라오스

하늘과 땅의 아버지여!
제발 이 검은 구름 밑에서
아카이아의 대군을 구출해주십시오.
큰 하늘을 맑게 해주십시오.
낮을 부여해주십시오.
또 당신의 뜻이라면 우리의 몸을 박멸해주십시오.
그러나 오, 낮만은 부여해주십시오.

— 쿠퍼 역

땅과 하늘의 주여!
오, 왕이여! 오, 아버지여!
나의 천박한 기도를 들어주십시오!
이 구름을 몰아버리고,
다시 하늘의 빛을 내려주십시오.
무엇을 볼 수 있도록 해주신다면
아이아스는 더 바랄 것이 없습니다.
그리스군이 멸망할 운명이라면
우리도 그 뜻에 따르겠습니다.
그러나 제발 우리를
대낮의 햇빛 속에서 죽게 해주십시오!

— 포프 역

제우스는 구름을 거두었다. 그제야 아이아스는 안틸로코스를 아킬레우스에게 보내고 파트로클로스의 유해를 둘러싸고 격렬한 전쟁이 벌어졌다는 사실을 보고했다. 그리스군은 마침내 유해를 배가 있는 곳으로

운반했는데, 뒤에서는 헥토르와 아이네이아스와 트로이군이 바싹 쫓아
추격했다.

아킬레우스가 친구의 부음을 듣고 어찌나 슬퍼하였는지, 안틸로코스
는 그가 자살이나 하지는 않을까 걱정할 정도였다. 아킬레우스의 신음소
리는 바닷속 깊이 살고 있는 그의 어머니 테티스의 귀에까지 들려왔으므
로, 테티스는 그 원인을 묻기 위해 찾아갔다. 가보니 그는 자신의 원한
때문에 친구를 죽음으로 내몰았다고 자책하며 안절부절못하고 있었다.

아킬레우스를 위로할 수 있는 것은 복수하는 길 뿐이었다. 당장 헥토
르를 찾아서 대적하고 싶은 심정이었다. 그러나 그의 어머니 테티스는
지금 갑옷을 가지고 있지 않다는 사실을 상기시키고, 내일 아침까지만
기다린다면 헤파이스토스로부터 예전 것보다도 더 훌륭한 갑옷을 한 벌
얻어다 주겠다고 약속했다.

그가 응낙하자 테티스는 바로 헤파이스토스의 궁전으로 갔다. 그는
대장간에서 자신이 쓸 삼각가를 만드는 데 분주했다. 이것은 매우 교묘

Charles-Antoine Coypel_아킬레우스의 분노(1737)

하게 만들어져서 필요할 때는 자동으로 나왔고 불필요할 때는 역시 자동으로 물러갔다.

헤파이스토스는 테티스의 요청을 듣고는 바로 하던 일을 중단하고 서둘러 훌륭한 무구를 한 벌 만들었다. 곰곰이 궁리를 하여 장식한 방패를 만들고, 다음에는 꼭대기에 금을 단 투구를, 또 그다음에는 칼이나 창이 들어가지 않는 갑옷의 가슴받이와 정강이받이를 만들었는데, 그것 모두가 아킬레우스의 몸에 잘 맞고 정교하게 만들어졌다. 이것들은 모두 하룻저녁에 완성되었다. 테티스는 그것을 받아 가지고서 지상으로 내려가서 새벽녘에 아킬레우스의 발밑에 갖다놓았다.

파트로클로스가 죽은 이래 아킬레우스가 느낀 최초의 기쁨은 이 훌륭한 갑옷을 대했을 때였다. 이제 그것을 입고 진영으로 나아가 모든 장수들을 소집하였다. 그들은 빠짐없이 다 모였을 때, 아가멤논으로 인하여 야기된 여러 불행한 일을 통탄하면서 속히 싸움터로 나가자고 재촉했다. 아킬레우스는 이미 아가멤논에 대한 나쁜 감정은 전혀 갖고 있지 않았다. 아가멤논은 모든 책임을 불화의 여신 에리스에게 돌려 아킬레우스가 만족할 만한 대답을 했으므로, 두 영웅은 완전히 화해하였다.

분노와 복수심에 불타서 출전한 아킬레우스에게 대항할 자는 아무도 없었다. 적의 가장 용감한 장수들도 그의 앞에서는 도망치거나 창에 맞아 쓰러졌다. 헥토르는 아폴론의 경고를 받아들여 접근을 피했다. 아폴론은 프리아모스의 아들 가운데 하나인 리카온의 모습으로 분장하여 아이네이아스를 격려하여 아킬레우스에게 대항하게 했다.

아이네이아스는 자기가 아킬레우스보다 못하다는 것을 자각했으나, 그 명령을 거부하지 않았다. 그는 헤파이스토스가 만든 방패를 향해 온 힘을 다하여 창을 던졌다. 그 방패는 다섯 개의 금속판으로 되어 있었다. 두 개는 놋쇠로, 다른 두 개는 주석으로, 한 개는 금으로 되어 있었다. 창은 두 개의 판을 관통하고 세 번째 판에서 정지되었다.

아킬레우스가 던진 창은 멋지게 명중했다. 그것은 아이네이아스의 방패를 뚫었으나 어깨 부근에서 빗나갔기 때문에 상처는 내지 못하였다. 그러자 아이네이아스는 두 사람의 힘으로도 들 수 있을까 말까 한 큰 돌을 들고서 던지려고 하였고, 아킬레우스는 칼을 빼들고서 아이네이아스에게 돌진하려고 했다. 그 순간에 포세이돈은 빨리 구하지 않으면 필시 아이네이아스가 피살되리라 생각하고 그를 불쌍히 여겨 구름을 두 사람 사이에 두텁게 깔아두었다. 그리고 아이네이아스를 땅에서 일으켜 무장들과 군마의 머리 위를 넘어 후방으로 옮겨두었다.

아킬레우스는 구름이 걷힌 뒤에 그의 적수를 찾아보았으나 없어졌으므로, 괴이하게 생각하고 다른 적에게 무기를 돌렸다. 그러나 그에게 대항하는 자는 아무도 나오지 않았다.

한편 프리아모스가 성벽 위에서 내려다보니, 트로이 전군대가 성안을 향해서 전력을 다하여 퇴각하고 있었다. 그는 도망쳐오는 병사들을 위해 문을 활짝 열도록 명령했다.

그러나 아킬레우스가 곧바로 뒤쫓아왔으므로 성문을 닫을 겨를이 없을 정도였다. 그래서 아폴론은 프리아모스의 아들 아게노르의 모습으로 분장하고 잠시 동안 아킬레우스에게 대항하고서 방향을 돌려 도시 밖으로 달아났다. 아킬레우스가 그를 추격하여 성벽에서 멀리 떨어진 곳에 이르렀을 때, 이윽고 아폴론이 정체를 드러냈다. 아킬레우스는 속은 것을 깨닫고 추격을 멈추었다.

다른 사람들은 모두 섬 안으로 도피했지만 헥토르는 일전을 할 각오로 성 밖에서 기다리고 있었다. 그의 늙은 아버지는 성벽에서 그를 부르며 퇴각하여 적과의 충돌을 피하라고 애원했으며, 어머니 헤카베도 똑같은 말로 간청했으나 소용이 없었다. 헥토르는 혼자 중얼거렸다.

"나 자신이 명령하여 오늘의 싸움을 하게 된 것이고, 많은 부하들이 전사를 하였는데, 내 어찌 한 사람의 적을 두려워하여 피한단 말인가. 그러나 내가 헬레네와 그녀의 모든 보물들, 그 위에 우리 자신의 풍부한 재산까지도 다 양도한다고 제안하면 어떨까? 그래서는 안 된다. 너무 늦다. 그는 내 말을 다 듣지도 않고 말하는 동안에 나를 죽일 것이다."

그가 이렇게 중얼거리는 동안에 아킬레우스는 군신 아레스와 같이 무서운 형상으로 접근해왔는데, 그의 갑옷은 움직일 때마다 번갯불같이 번쩍거렸다. 이 광경을 보자 헥토르는 기운을 잃고 도망쳤다. 아킬레우스는 재빨리 추격하였다. 성벽을 끼고 달리기를 세번이나 거듭했다. 헥토르가 성에 접근하자, 아킬레우스는 그를 가로막아 더 넓은 곳으로 나가 돌게 했다. 그러나 아폴론이 헥토르에게 힘을 주어 피로로 쓰러지는 일이 없도록 했다.

그러자 여신 아테나는 헥토르의 가장 용감한 동료인 데이포보스의 모습으로 분장하여, 돌연 헥토르의 곁에 나타났다. 헥토르는 그를 보자, 기뻐하고 용기를 얻어 도망을 중지하고 아킬레우스에게 대항하고자 몸을 돌렸다. 헥토르는 그에게 창을 던졌다. 그러나 창은 아킬레우스의 방패에 맞고 튀었다.

헥토르가 데이포보스의 손에서 다시 던질 창을 받으려고 뒤를 돌아보았으나 데이포보스는 이미 사라지고 없었다. 헥토르는 자기의 운명을 깨닫고 말했다.

"아! 이제 나의 죽음이 왔나보다! 데이포보스가 곁에 있는 줄 알았다. 아테나가 나를 속였다. 데이포보스는 아직 트로이 성 가운데에 있을테지. 그러나 나는 부끄러운 죽음을 맞이하지 않겠다."

이렇게 말하면서 그는 허리에서 칼을 빼어들고 곧 돌진했다. 아킬레우스는 방패로 몸을 방어하면서 헥토르가 접근하는 것을 기다리고 있었다. 헥토르가 아킬레우스의 창의 사정거리 안에 들어오자, 아킬레우스는 갑옷에 가려지지 않은, 상처를 입기 쉬운 목이 있는 곳을 겨냥하여서 창을 던졌다. 창에 맞은 헥토르는 치명상을 입고 그 자리에 곧바로 쓰러지면서 힘없이 말했다.

"나의 시체만은 돌려주시오! 나의 부모에게 몸값을 받고 돌려주시오. 그리고 트로이의 아들과 딸들이 나의 장례를 지낼 수 있도록 해주시오."

이 말에 아킬레우스는 대답했다.

"나쁜 놈 같으니. 몸값이니 동정이니, 그따위 말은 듣기도 싫다. 얼마나 네가 나에게 괴로움을 주었는가를 생각해보라. 안 된다. 너의 시체가 개밥이 되는 것을 면하게 할 수 있는 방법은 어떤 것도 없다. 아무리 몸값을 많이 가져오고 너의 몸무게와 똑같은 무게의 금을 가지고 온다 하더라도 나는 다 거절하겠다."

이렇게 말하면서 아킬레우스는 시체에서 갑옷을 벗기고 노끈으로 발을 결박하고 이륜차 뒤에 매달아 시체를 지면에 끌리게 만들었다. 그러고 나서 이륜차에 올라 말을 채찍질을 하여 트로이아 성 앞에서 시체를 이리저리 끌고 다녔다. 이와 같은 광경을 본 프리아모스 왕과 왕후 헤카베의 비통한 마음을 무엇으로써 다 형용하랴! 신하들은 뛰어나가려는 왕을 겨우 제지했다. 왕은 땅에 몸을 던지고 신하들의 이름을 부르면서 놓아달라고 애원했다. 헤카베의 슬픔도 왕에 못지않게 끓어올랐다.

시민들은 울면서 주위를 에워쌌다. 사람들의 울부짖는 소리가 시녀들 사이에 앉아 있던 헥토르의 아내 안드로마케의 귀에도 들려왔다. 그

녀는 불길함을 예감하면서 성벽 쪽으로 나갔다. 그곳에 벌어진 광경을 보았을 때, 자칫 잘못하였더라면 그녀는 성 위에서 거꾸로 떨어질 뻔했다. 그러나 가엾은 안드로마케는 기절을 하여 시녀들의 팔 속에 쓰러졌다. 정신이 돌아오자 그녀는 조국은 멸망하고 자신은 포로가 되고 아들은 이방인들의 동정을 구하며 걸식하는 광경을 예감하면서 자기의 운명에 통곡했다.

아킬레우스와 그리스군은 파트로클로스를 죽인 자에 대한 원수를 갚은 후에, 파트로클로스의 장례식을 준비하는 데 분주했다. 나뭇더미가 세워지고 시체를 엄숙히 화장했다. 화장을 끝낸 다음 역기와 기술의 경기가 거행되었다. 이륜차 경주, 레슬링, 권투, 궁술 등이었다.

아킬레우스는 장례의 향연에 참석하지 않고 잠도 자지 않았다. 친구를 잃은 생각에 잠을 잘 수 없었던 것이다. 전투와 위험한 대해에서, 그리고 어려운 곤경과 위험한 경지에서 오랜 기간 함께 얼마나 고생을 하였던가!

날이 새기도 전에 그는 막사를 나와 이륜차에 준마를 매고서, 헥토르의 시체를 끌기 위해 뒤에 달았다. 그러고는 파트로클로스의 무덤 주위를 두 바퀴 돈 뒤에 땅에 그대로 던져두었다. 그러나 아폴론은 이러한 학대를 받으면서도 시체가 찢기거나 손상당하지 않게 하였고, 모든 더러움과 갖은 모독으로부터 지켜냈다.

아킬레우스가 이와 같이 용감한 헥토르를 모독함으로써 화풀이를 하는 동안에 제우스는 측은한 마음에 테티스를 불렀다. 아들한테로 가서 헥토르의 시체를 트로이군에게 반환토록 설득하라고 말했다. 그리고 제우스는 무지개의 여신을 프리아모스 왕에게 보내 용기를 내어 아킬레우스한테 가서 아들의 시체를 반환해달라고 요청하라 일렀다. 무지개의 여신이 말을 전하자, 프리아모스는 이에 따를 준비를 했다.

그는 보물 창고를 열고 풍부한 의복과 직물과 금 10탈란톤과 두 개의 훌륭한 삼각가와 절묘하게 만든 금잔을 꺼냈다. 그리고 또 다른 아들을 불러 자기의 가마를 내놓고, 그 속에 아킬레우스에게 몸값으로 지불할 여러 물건들을 싣게 하였다. 준비가 다 되자, 늙은 왕은 자기와 같은 연배인 말몰이 이다이오스 한 사람만을 데리고 성문에서 나와 왕후 헤카베 및 모든 친지들과 작별했는데, 그들은 왕이 죽으러 가는 거나 다름이 없다고 생각하고는 비탄에 잠겨 있었다.

그러나 제우스는 이 노왕의 모습을 보고 불쌍히 여겨, 헤르메스를 그의 안내자 겸 보호자로 파견했다. 헤르메스는 젊은 장수의 모습으로 분장하고 두 늙은이 앞에 나타났다.

그를 보자 그들은 도망을 칠까, 항복을 할까, 주저하고 있는데 그는 프리아모스의 손을 잡고 아킬레우스의 막사로 안내해주겠다고 제안하였다. 프리아모스가 흔쾌히 이 제안을 받아들이자 헤르메스는 마차에 올라서 고삐를 잡고 얼마 안 가서 그들을 아킬레우스의 막사에 내려주었다. 헤르메스가 지팡이의 마력을 이용하여 프리아모스를 아킬레우스에게로 안내한 것이었다. 늙은 왕은 아킬레우스의 발밑에 몸을 던지고 그의 아들을 죽인 무서운 손에 키스를 하며 말했다.

"오! 아킬레우스여, 당신의 아버지가 나처럼 늙고 인생의 황혼기에 처해 있다고 생각해보시오. 지금이라도 이웃 나라의 어떤 장수가 아버지를 억압하고 있는데, 곁에 아버지의 재난을 구해줄 사람이 아무도 없다고 상상해보시오. 그러한 상황에서도 아버지는 아들 아킬레우스가 살아 있다는 것을 알고 있으므로, 언젠가는 아들과 대면할 수 있으리라는 희망을 가지고 기뻐할 것이오.

그러나 나는 트로이의 꽃이었던 아들들을 다 잃었기 때문에 위안할 것이 아무것도 없었소. 최후의 한 명이 남아 있었소. 어떤 아들보다도 노년의 힘이 되었던 아들이었지만, 그도 나라를 위하여 싸우다가 당신의 손에 죽었소. 아들의 몸값으로 셀 수 없을 만큼 보물을 가지고 왔소. 아킬레우스여, 신들을 두려워하시오! 당신의 아버지 생각을 해보십시오. 부디 나를 불쌍히 여겨주시오!"

아들을 잃은 늙은 아버지의 말은 아킬레우스를 감동시켰다. 그는 멀리 떨어져 있는 아버지와 죽은 친구를 생각하며 눈물을 흘렸다. 프리아모스의 백발을 보고 아킬레우스는 연민의 정을 금할 수 없어 그를 일으키면서 말했다.

"프리아모스여, 나는 당신이 신에 인도되어 이곳에 온 줄 압니다. 신의 원조 없이 인간의 몸으로는 제 아무리 혈기왕성한 청년일지라도 감히 이곳에 오려고 하지 않을테니까요. 당신의 청을 들어주겠습니다. 그렇게 하는 것이 제우스의 의사에 순종하는 것임이 틀림없으니까요."

이렇게 말하면서 그는 두 친구와 더불어 밖으로 나가 마차에서 다른 짐은 내려놓고 유해를 덮을 두 벌의 외투와 한 벌의 옷만을 남겨놓았다. 그리고 유해를 마차에 올려놓고 외투와 옷으로 시체를 덮었다. 유해를 노출시킨 채 트로이로 운반하는 것을 막기 위해서였다. 그리고 헥토르의 장례를 위하여 12일간의 휴전을 약속하고, 노왕과 그의 시종을 물러가게 하였다.

마차가 성내에 가까워지자, 멀리 성에서 이를 바라보던 군중은 영웅의 얼굴을 다시 한 번 보려고 몰려 나왔다. 헥토르의 어머니와 아내가 제일 먼저 와서 시체에 다가가자, 비탄의 눈물이 흘러넘쳤다. 군중들은 모두 같이 울었고 해가 질 때까지 울음소리는 그치지 않았다.

이윽고 날이 새자, 장례 준비가 시작되었다. 9일 동안 사람들은 나무를 가지고 와서 화장단을 쌓았다. 그리고 열흘 만에 그 위에 시체를 놓고 불을 댕겼다. 트로이 군중들은 몰려나와서 화장단을 둘러쌌다. 나무가 다 타버리자 그들은 남은 불덩이에 물을 뿌려 끄고 유골을 모아 황금 항아리 속에 넣은 후에, 땅 속에 묻고 그 위에 돌로 분을 쌓아놓았다.

이렇게 트로이는 그들의 영웅에게 명예를 주었고 위대한 헥토르의 영혼도 평화로이 잠들었다.

트로이의 함락

『일리아드』의 이야기는 헥토르의 죽음으로 끝났다. 그 밖의 영웅들의 운명에 대해서는 『오디세이아』를 비롯한 그 이후의 작품을 통해서만 알 수 있다.

헥토르가 죽은 뒤 트로이는 바로 함락되지는 않고 새로운 동맹자로부터 원조를 얻어 저항을 계속했다. 이들 동맹자 중의 한 사람은 이디오피아의 왕 멤논이었는데, 그의 이야기는 이미 한 바 있다. 또 한 사람은 아마존 여왕 펜테실레이아였는데, 그녀는 오직 여자로만 구성된 군대를 이끌고 왔다. 그녀들의 용맹함과 전투할 때의 지르는 함성의 무서운 효과에 대해서는 여러 문헌들이 공통으로 증명하고 있다.

펜테실레이아는 가장 용감한 장수들을 많이 무찔렀으나, 자신도 마침내 아킬레우스에게 피살되었다. 아킬레우스는 자기가 쓰러뜨린 적장을 내려다보며, 그 아름다움과 젊음과 용기가 아까워 자기의 승리를 뼈저리게 후회하였다. 데르시테스라고 하는 싸움 잘하고 군중을 선동하기 좋아하는 무례한 자가 이를 비웃은 죄로 아킬레우스에 의해 피살되었다.

아킬레우스는 우연한 기회에 프리아모스 왕의 딸 폴릭세네를 본 일이 있었다. 아마 트로이군에게 헥토르의 매장을 위해서 허락한 휴전 때였을 것이다. 그녀의 매력에 반한 그는 결혼하기를 원했다. 그래서 그리스군을 설득하여 트로이군과의 전쟁을 하루 빨리 종식시키기 위해 애쓰겠다고 약속했다.

아폴론의 신전에서 결혼 협정을 하고 있을 때, 파리스가 그를 향하여 독약을 바른 화살을 쏘았다. 화살은 아폴론의 안내를 받아 아킬레우스의 몸 가운데 상처를 낼 수 있는 유일한 곳인 발뒤꿈치에 박혔다. 그의 어머니 테티스는 그가 갓난아이였을 때, 스틱스 강물에 잠기게 하여 신체의 모든 부분을 상하지 않도록 만들었다. 그러나 그녀가 손으로 잡고 있던 발뒤꿈치만은 제외되었다.

이런 배반을 당하여 피살된 아킬레우스의 시체는 아이아스와 오디세우스에 의해서 구출되었다. 테티스는 아들의 갑옷을, 살아있는 모든 그리스군 중에서 그것을 받을 만한 가치가 있다고 인정된 영웅에게 주겠노라고 알렸다. 오직 아이아스와 오디세우스 두 사람만이 후보자로 나섰다. 심사위원은 장수들 중에서 선정되었다.

그 결과, 갑옷은 오디세우스에게 돌아갔는데, 그것은 지혜를 용기보다 더 높이 평가했기 때문이다. 이 결과로 인해 아이아스는 자살하였다. 그의 피가 땅 속으로 스며든 곳에서 히아신스 꽃이 한 송이 피어났는데, 그 잎에는 아이아스 이름의 처음 두 글자, 아이(Ai)가 새겨져 있었다. 이 '아이'라는 말은 '비애'를 뜻하는 그리스어이다.

트로이는 헤라클레스의 화살이 없이는 함락시킬 수 없다는 사실이 알려졌다. 그 화살은 헤라클레스의 친구로서 최후까지 그와 같이 있었고, 그의 시체를 화장할 때에 불을 붙인 필록테테스의 수중에 있었다. 필록테테스는 그리스군에 참가하여, 우연히 독을 바른 화살로 발에 상처를 입었는데, 일설에 의하면 독사에 물렸다고도 한다. 그의 상처는 대단한 악취를 뿜었기 때문에 동료들은 그를 렘노스 섬에 버려두었다. 후에 디오메데스가 그에게 다시 군대에 참가하도록 권유하기 위해서 보내졌는데, 필록테테스는 그에 응했다. 마카온이 필록테테스의 상처를 치료하였다.

그 후 운명적인 화살의 최초의 희생자가 된 것은 파리스였다. 고통받던 파리스는 자기가 영화를 누리고 있는 동안에 잊고 있던, 그리고 자신의 상처를 치료해줄 수 있는 한 사람을 생각해냈다. 그것은 그가 젊었을 때 결혼까지도 했지만, 문제의 미인 헬레네 때문에 버린 오이노네라는 님프였다. 그러나 오이노네는 파리스의 소행을 잊지 않고 치료를 거절했기 때문에 파리스는 트로이로 돌아가서 죽었다. 오이노네는 곧 후회하여 약을 가지고 급히 파리스의 뒤를 따라갔으나, 때는 이미 늦었다. 그녀는 슬픈 나머지 목을 매어 죽었다.

트로이에는 팔라디온이라 부르는 아테나의 유명한 조각상이 있었다. 그것은 하늘에서 떨어졌다고 전해지며, 이 조각상이 트로이 성안에 있는 한 트로이는 함락되지 않는다는 믿음이 전해지고 있었다. 오디세우스와 디오메데스가 변장하고 성안으로 들어가 팔라디온을 훔쳐내는 데 성공하여, 그것을 그리스군의 진영으로 가지고 갔다.

그럼에도 트로이는 여전히 버티고 있었다. 그리스군은 무력으로는 트로이를 정복할 수 없다는 것을 깨닫고 오디세우스의 충고에 따라 한 계략을 쓰기로 결심했다. 그들은 공성을 포기할 준비를 하는 것처럼 꾸미고 함선의 일부를 퇴각시켜 인접한 섬 뒤에 숨겼다.

그 후 그리스군은 거대한 목마를 만들었다. 그리고 그것을 아테나의 비위를 맞추기 위한 선물로 제공할 것이라고 선전했으나, 사실은 그 속

라오콘 상

을 무장한 군대로 채웠다. 그 밖의 그리스군은 함선으로 돌아가 실제로 떠나는 것같이 출항했다.

트로이군은 그리스군 진영이 철수하고 함대가 떠나는 것을 보고서 적이 공성을 포기한 것으로 여겨 성문을 활짝 열었다. 성내의 모든 주민들은 이제까지 그리스군에 의해 억압되었던 자유를 되찾은 것에 대해 기뻐하며 몰려 나왔다.

큰 목마가 관심의 주된 대상이었다. '무엇에 쓰는 것일까?' 하고 모두 이상히 여겼다. 어떤 자들은 그것을 전리품으로 성안으로 가지고 가는 것이 좋다고 했고, 다른 자들은 두려워했다.

그들이 주저하고 있을 때, 라오콘이라는 포세이돈의 신관이 부르짖었다.

"시민들이여, 이 무슨 짓인가? 그리스군은 간계에 능하기 때문에 경계해야 한다는 것은 그대들도 아는 바가 아닌가? 나 같으면 그들이 선물로 제공하더라도 두려워하겠다."

이렇게 말하면서 그는 목마의 옆구리에 창을 던졌다. 빈 곳을 꿰뚫는 듯한 소리가 신음소리와 함께 들렸다. 그러자 트로이군들은 문제의 목마와 그 속에 들어 있는 것을 파괴하려고 했다.

그런데 바로 그 순간 한 무리의 사람들이 그리스인으로 보이는 한 죄수를 끌고 나왔다. 그는 두려움에 정신을 잃고, 장수들 앞에 끌려나왔다. 그는 묻는 말에 거짓 없이 대답만 하면 생명은 구해주겠다고 약속을 듣고서야 겨우 정신을 차렸다.

자기는 시논이라는 이름의 그리스인인데 오디세우스가 자기에 대하여 악감정을 품고 있었기 때문에 그리스군들이 돌아갈 때 자기만이 남겨졌다는 것이었다. 목마에 대해서는 말하기를, 아테나의 비위를 맞추기 위한 헌납품이요, 그렇게 거대하게 만든 것은 성내로 운반되는 것을 막기 위해서라는 것이었다. 예언자 칼카스가 목마가 트로이군 수중에 들어가면 트로이군이 틀림없이 승리한다고 예언했기 때문이었다. 이 말을 듣자, 트로이군의 심경은 일변하여 예언과 그에 결부된 길조를 확보할 방책을 강구하기 시작했다.

이때 돌연 괴이한 일이 일어나 더욱더 의심할 여지를 남겨두지 않았다. 두 마리의 커다란 뱀이 바다에서 나와 육지로 향해왔기 때문에 군중들은 사방으로 도망쳤다. 뱀은 라오콘이 두 아들을 데리고 서 있는 곳으로 곧장 와서는 우선 아이들을 공격하여 그 몸을 칭칭 감고 얼굴에 독기를 내뿜었다. 아버지는 아이들을 구출하려고 노력했으나 뱀에 붙잡혀 그도 감기고 말았다. 뱀을 뿌리치려고 했으나, 뱀의 힘이 우세하여 그와 그의 아이들을 독기에 찬 몸으로 칭칭 휘어감아 졸랐다.

이 사건은 라오콘이 목마에 대해 무례한 짓을 했기 때문에 신들이 노한 징조로 여겨졌다. 그래서 그들은 주저함이 없이 목마를 성스러운 물건으로 여기고 적당한 의식을 갖추어 성내로 들일 준비를 했다. 의식은 노래와 승리의 환호 속에서 행해졌으며 온 종일 잔치가 계속되었다.

밤이 되어 목마의 뱃속에 들어 있던 무장한 군사들이 거짓으로 붙잡혀 트로이를 속인 시논의 도움으로 밖으로 나오게 되자, 밤의 어둠을 이용하여 대기하고 있던 아군에게 성문을 열어주었다. 성안에서는 불이

Givoanni Battista Tiepolo_트로이로 들어가는 목마

일어나고 잔치에 지쳐서 잠이 든 백성들은 참살되었다. 이리하여 트로이는 완전히 정복되었다.

프리아모스 왕은 그의 왕국이 멸망할 때까지 살았으나, 성내가 그리스군에 점령당하던 날 밤에 피살되었다. 피살되기 전에 무장을 하고 용사들과 같이 싸우려고 했으나 늙은 왕후 헤카베의 청을 들어 그녀 및 딸들과 더불어 제우스의 제단으로 피난하여 탄원했다.

그동안에 그의 막내아들 폴리테스가 아킬레우스의 아들 피로스에게 추격당하여 부상을 입고 그곳으로 뛰어들어와 아버지의 발밑에서 절명했다. 프리아모스는 격분하여 피로스를 향하여 힘없이 창을 던졌으나, 오히려 피살되었다.

헤카베와 딸 카산드라는 포로가 되어 그리스로 끌려갔다. 카산드라는 아폴론의 사랑을 받고 아폴론은 그녀에게 예언의 능력을 부여했다. 그러나 아폴론은 그녀에게 기분을 상한 일이 있었기 때문에 그녀의 예언을 적중하지 않게 만들었다. 아킬레우스가 생전에 사랑했던 폴릭세네는 아킬레우스가 죽은 후 망령의 요구대로 그의 묘 앞에 희생물로 바쳐졌다.

메넬라오스와 헬레네의 재회

트로이가 함락되자 메넬라오스는 그의 아내를 다시 소유하게 되었다. 그녀는 아프로디테의 힘에 정복되어 남편을 버리고 다른 남자에게로 간 일이 있었으나, 전과 다름없이 남편을 사랑했다.

파리스가 죽은 뒤에 그녀는 때때로 비밀스럽게 그리스군을 원조했는데, 특히 오디세우스와 디오메데스가 팔라디온을 훔쳐가기 위하여 변장을 하고 성안에 들어왔을 때 큰 도움을 주었다. 그녀는 오디세우스를 보자 그 정체를 알아차렸으나 비밀을 지켰을 뿐만 아니라, 팔라디온을 입수하는 데까지 조력했던 것이다. 그래서 그녀는 남편과 화해할 수 있었고, 그 둘은 선발대에 끼어 트로이 해안을 떠나 고국으로 향했다.

그러나 그들은 신들의 기분을 상하게 한 일 때문에 폭풍우를 만나 지중해 연안을 이리저리 표류하며 키프로스, 페니키아, 이집트에 들렀다. 이집트에서는 환대를 받고 또 많은 선물을 받았는데, 그중 헬레네가 차지한 것은 금으로 만든 방추와 바퀴가 달린 바구니였다. 그 바구니는 양모와 실패를 넣기 위한 것이었다.

메넬라오스와 헬레네는 마침내 무사히 스파르타에 도착하여 다시 왕위에 오르고 영화를 누렸다. 오디세우스의 아들 텔레마코스가 그의 아버지를 찾으러 스파르타에 도착했을 때 메넬라오스와 헬레네는 딸 헤르미오네와 아킬레우스의 아들 네옵틀레모스의 결혼식을 거행하고 있었다.

아가멤논과 오레스테스와 엘렉트라

그리스군의 총지휘자였던 아가멤논은 메넬라오스의 형이다. 동생을 위해 복수전에 참가했으나, 그의 최후는 동생처럼 행복하지 못했다. 그가 집을 비운 사이 아내 클리타임네스트라는 부도덕한 짓을 하고 그가 귀환할 날짜가 가까워지자 정부 아이기스토스와 공모하여 남편을 없애버릴 음모를 꾸몄다. 아가멤논은 자신의 귀환을 축하하는 연회석상에서 죽임을 당했다.

공모자들은 아가멤논의 아들 오레스테스도 죽일 작정이었다. 아직은 어려서 걱정할 것은 없었으나 그가 성장한 후의 그 후환이 두려웠기 때문이었다.

그러나 오레스테스의 누이 엘렉트라는 그를 비밀리에 포키스의 왕인 숙부 스트로피오스에게로 보내어 생명을 구했다.

오레스테스는 스트로피오스의 궁전에서 왕자 필라데스와 함께 성장했는데, 그들 사이의 열렬한 우정은 오늘날에도 속담으로 남아 있다. 엘렉트라는 종종 사자를 보내어 동생에게 아버지의 원수를 갚으라고 몇 번이고 상기시켰다. 오레스테스는 성장하여 델포이의 신탁에 문의했다.

신탁의 내용은 그의 복수심을 더욱 공고히 하는 말이 되었다.

그는 변장을 하고 아르고스에 가서 스트로피오스의 사자라 사칭하고, 오레스테스의 사망을 알리러 왔으며 고인의 유골을 유골함에 넣어 가지고 왔다고 말했다. 그는 아버지의 묘에 성묘하고 당시의 관습에 따라서 제물을 바친 뒤에 누이 엘렉트라에게 자기의 정체를 밝혔다. 그리고 곧바로 아이기스토스와 클리타임네스트라를 참살했다.

자식이 그의 어머니를 죽였다는 이 패륜행위는 비록 그것이 피살된 자의 죄악과 신들의 명령에 인한 것이었기 때문에 수긍할 점이 전혀 없는 것은 아니라 할지라도, 옛 사람의 마음에도 오늘날의 우리가 지니고 있는 것과 같은 혐오감을 불러일으키지 않을 수 없었을 것이다.

복수의 여신 에우메니테스들은 오레스테스를 붙잡아 미치게 하여 각처를 유랑하게 하였다. 필라데스는 그와 동반하여 뒤를 돌보아주었다. 복수의 여신들은 하늘로부터 추락하였다고 전해지는 아르테미스의 상을 가지고 오라고 명령하였다. 신탁에 응하여 오레스테스와 필라데스는 타우리스로 갔는데, 그곳의 야만스러운 주민들에게는 사로잡은 모든 이방인을 아르테미스에게 희생물로 제공하는 관습이 있었다. 두 친구는 붙잡혀 몸을 결박당하여 희생물로서 신전으로 운반되었다. 그런데 이 신전의 사제는 다름 아닌 이피게네이아였다.

그녀는 오레스테스의 누이로서 독자도 기억할 것이지만, 제물로 희생되려고 하던 순간에 아르테미스에 의하여 납치되었던 여인이다. 끌려온 죄수들이 어떠한 인물인지를 알아차리자, 이피게네이아도 자기의 신분을 그들에게 밝혔다. 이윽고 세 사람은 여신상을 가지고 미케나이로 돌아왔다.

그러나 오레스테스는 복수의 여신들 수중에서 벗어나지 못했다. 마침

William-Adolphe Bouguereau_어머니 클뤼타이메스트라를 죽인 후
복수의 여신들에게 쫓기는 오레스테스

내 그는 아테나에게 구원을 요청했다. 여신은 그를 보호해주었고, 아레
오파고스 법정에서 그의 운명을 재판하게 하였다. 에우메니테스들은 그
를 기소하였다. 오레스테스는 델포이 신탁의 명령에 의한 것이라고 변
명했다. 그 결과 찬반의 수가 같았으므로 오레스테스는 아테나의 도움
으로 풀려날 수 있었다.

그리스 고전극 중에서 가장 비장한 장면의 하나는 소포클레스가 그린
오레스테스와 엘렉트라와의 회합 장면이다. 마침 오레스테스가 포키스
에서 돌아온 때이다. 그는 엘렉트라를 하녀로 잘못 알고 또 자기의 귀환
을 복수의 기회가 올 때까지 비밀로 해두기로 하고, 자기의 유물이 들어
있는 병을 내놓았다. 엘렉트라는 그가 죽은 줄만 알고 그 병을 가슴에
끌어안으며 슬픔을 토로했다.

오디세우스와 키클로프스의 대결

　이제『오디세이아』라는 서사시가 펼쳐진다. 이 시는 오디세우스가 트로이로부터 이타케로 귀환하는 과정을 읊은 것이다.

　트로이를 출발한 일행은 이스마로스라는 키콘족이 살고 있는 항구 도시에 상륙하였다. 그러나 그곳의 주민들과 충돌이 일어나 오디세우스는 한 배에서 여섯 명씩 부하를 잃었다.

　그 후 그곳에서 출항하자마자 폭풍우를 만나 9일 동안 해상을 표류한 끝에 로토파고스의 나라에 도착했다. 이곳에서 식수를 보급한 후 오디세우스는 세 명의 부하를 보내어 어떤 종족이 그곳에 살고 있는지 조사하게 했다. 세 사람이 로토파고스로 가자, 원주민들은 세 사람을 친절하게 맞아주며, 자기네들의 식량인 로토스로 만든 음식을 내놓았다. 그런데 이 음식은 일단 먹기만 하면, 고향 생각을 잊고 언제까지나 그곳에 머물고 싶게 만드는 힘을 지니고 있었다. 그 까닭에 오디세우스는 억지로 세 사람을 끌고 와서 묶어 두었다.

　일행은 그다음에 키클로프스의 나라에 도착했다. 이 키클로프스 족은 거인으로서 거인들만 사는 섬에 살고 있었다. 키클로프스라는 말의 뜻은 '둥근 눈'이라는 의미인데, 이 거인들을 그렇게 부른 이유는 그들은 눈을 하나밖에 갖지 않았고 또 그것이 이마의 중앙에 위치해 있었기 때문이다. 동굴 속에서 살며 섬에서 나는 야생식물과 양의 젖을 마시며 살았다. 그들이 양치기였기 때문이다.

오디세우스는 주력 부대를 정박한 배에다 남겨놓고, 자신은 한 척의 배를 타고서 식량을 구하러 키클로프스의 섬으로 갔다. 거인들에게 선물하려고 술을 한 병 가지고 부하들을 거느리고 상륙했다.

동굴 속으로 들어가던 중에는 아무도 발견하지 못했으므로 무엇이 있나 살펴보았다. 한참 살펴보니 동굴 속에는 살이 포동포동 찐 양떼와 많은 치즈와 젖을 넣은 통과 주발, 그리고 우리 속에 갇혀 있는 새끼양과 새끼염소 등이 질서정연하게 가득 있었다.

얼마 지나지 않아 동굴의 주인 폴리페모스가 큰 나뭇짐을 지고 돌아와 그것을 동굴 입구에 내려놓았다. 그는 젖을 짜기 위해 양과 염소를 동굴 안으로 몰아넣고, 스무 마리의 황소의 힘으로도 끌 수 없는 큰 바위를 동굴 입구에 끌어다놓고는 앉아서 양젖을 짰다. 그리고 젖의 일부는 치즈를 만들기 위하여 저장하고 나머지는 식사 때 먹기 위하여 그대로 두었다.

그리고 둥근 눈으로 사방을 둘러보다 낯선 사람들이 눈에 띄자 큰 소리로 너희는 누구며 어디서 왔느냐고 물었다. 오디세우스는 아주 공손한 태도로 자기들은 그리스인인데, 최근 트로이를 정복하여 빛나는 공을 세우고 대원정을 끝내고 귀국하는 중이니 후대해주기를 부탁했다.

폴리페모스는 아무 대답도 하지 않고 한쪽 손을 들어 오디세우스의 부하 두 사람을 붙잡아 동굴의 벽을 향하여 내던져 머리통을 박살내었다. 그리고는 그들을 먹어치우고 나서 동굴 바닥에 누워 잠을 잤다. 오

오디세우스와 키클로프스

디세우스는 이 기회를 놓치지 않고 잠자고 있는 동안에 칼로 찌를까도 생각했으나 그렇게 하면 동굴에 남아있던 모두의 멸망을 불러오는 결과가 되리라는 것을 깨달았다. 거인이 동굴 입구를 막아 놓은 바위를 그들의 힘으로는 도저히 움직일 수 없었고, 영원히 동굴 속에 갇히게 될 수도 있었다.

다음 날 아침에도 거인은 두 사람의 그리스인을 붙잡고서 전날 그들 동료들처럼 한 점의 살도 남기지 않고 다 먹어치웠다. 그 후 입구에 있는 바위를 열고 여느 때와 같이 양떼를 몰고 밖으로 나갔다. 그리고는 다시 바위를 움직여 입구를 막았다.

그가 나가자 오디세우스는 피살된 부하들의 원수를 갚고 남은 부하들과 도망칠 방도를 구하였다. 그는 부하들로 하여금 큰 나무 막대기를 찾아오도록 명령하였다. 그들은 폴리페모스가 지팡이를 만들기 위해 베어 온 막대기를 동굴 속에서 발견하였다. 그들은 그 끝을 뾰족하게 깎아서 불에다 바짝 말린 다음 동굴 바닥에 있는 짚 밑에다 감추어두었다. 그리고 가장 용감한 사람 네 명을 선발하고 오디세우스는 다섯 번째로 그들과 함께했다.

저녁때가 되자 폴리페모스가 돌아와서 전과 같이 바위를 굴려 동굴 입구를 열고, 양떼를 안으로 몰아넣었다. 젖을 짜고 여러 준비를 한 후에 다시 오디세우스의 부하 중 두 사람을 붙잡고서 머리통을 박살내어 그것으로 저녁식사를 했다. 그가 식사를 마치자, 오디세우스는 그에게 접근하여 술을 한 사발 따라 주면서 말했다.

"키클로프스여, 이것은 술입니다. 인간의 고기를 먹은 뒤에 마시면 맛도 있고 하니 드시오."

그것을 받아 마셨시더니 대단히 좋다고 하며 더 청했다. 오디세우스가 더 따라주었더니, 거인은 아주 기뻐하며 은총을 베풀어 그를 제일 나중에 잡아먹겠다고 하며 그의 이름을 물었다.

"내 이름은 우티스(아무도 아니다)."

그는 이렇게 대답했다.

저녁 식사가 끝나자 거인은 자리에 누워 잠이 들었다. 오디세우스는 네 사람의 부하와 더불어 막대기 끝을 불 속에 넣어 뜨겁게 달군 뒤에 그것을 거인의 애꾸눈을 겨누어 깊숙이 쑤셔박고는 목수가 나사송곳을 돌리듯이 빙빙 돌렸다.

거인은 동굴이 떠나갈 듯한 비명을 질렀다. 오디세우스는 부하들과 함께 재빨리 몸을 피해 동굴의 한쪽 구석에 숨었다.

거인은 울부짖으며 멀리 떨어진 동굴에 살고 있는 키클로프스들을 소리 높여 불렀다. 그들은 그의 부르짖음을 듣고 동굴 주위에 모여 무슨 고통 때문에 이와 같이 떠들며 잠을 방해하느냐고 물었다. 그는 "오, 친구들이여, 나는 죽네. 우티스가 나를 괴롭힌다." 하며 울부짖었다.

그러자 그들은 대답했다.

"아무도 그대를 괴롭히지 않는다면 그것은 제우스의 짓이므로 그대는 참지 않으면 안 된다."

이렇게 말하면서 그들은 신음하는 눈 먼 거인을 남겨놓고 물러갔다.

다음 날 아침, 폴리페모스는 양떼를 목장으로 내보내기 위하여 바위를 굴렸으나 양이 나가는 것을 확인하기 위해서 동굴의 입구에 서 있었다. 그래서 오디세우스와 부하들은 양떼에 섞여 도망할 수가 없었다. 묘책을 생각해 낸 오디세우스는 부하들에게 동굴 바닥에 있었던 버들가지로 마구를 만들게 하였다. 그리고 세 마리의 양을 한 조로 하여 그 마구를 채워 나란히 걸어가게 했다. 세 마리 가운데 중간 것에 한 사람씩 매달리고 양편에 있는 양들은 눈을 가릴 수 있게 했다.

양이 지나갈 때마다 거인은 그 등과 옆구리를 만져보았으나, 배를 만져볼 생각은 하지 못했다. 이리하여 부하들은 모두 무사히 통과했고, 마지막으로 오디세우스가 통과했다. 동굴에서 몇 발자국 떨어진 거리까지 벗어나자 오디세우스와 부하들은 양에서 몸을 풀고 많은 양떼를 몰고 해안으로 내려와 배가 있는 곳으로 돌아왔다. 그리고 급히 서둘러서 양을 배에다 싣고 해안으로 떠나버렸다. 섬에서부터 멀리 벗어나자 오디세우스가 부르짖었다.

"키클로프스야, 신들이 네 잔악한 행위에 대해서 보복할 것이다. 네가 수치스러운 맹인이 된 것은 오디세우스의 소행인 줄 알아라."

이 말을 듣자 폴리페모스는 산등성이에 튀어나온 바위를 잡더니, 그것을 뿌리째 뽑아내어 공중으로 높이 들어올려서 온 힘을 다하여 소리가 나는 곳을 향하여 던졌다. 그 거대한 바위는 아슬아슬하게 배의 고물을 스치고 지나갔다. 큰 바위가 갑자기 떨어지는 바람에, 자칫하면 침몰할 뻔하였다. 서둘러 배를 가까스로 해안으로부터 끌어내어 출항에 성공했다. 오디세우스는 또다시 큰소리로 거인을 부르려고 했으나, 부하들이 이를 만류하였다.

그러나 그는 거인에게 그가 던진 바위를 그들이 무사히 피했다는 사실을 알리고 싶어 견디지 못할 지경이었다. 전보다 더 안전한 거리에 도달하자 이 사실을 알렸다. 거인은 저주로써 이에 대답했다. 오디세우스와 그의 부하들은 힘껏 노를 저어 얼마 안가서 아군이 있는 곳으로 귀환했다.

다음으로 오디세우스는 아이올로스 섬에 도착했다. 제우스는 이 섬의 왕에게 모든 바람의 지배권을 맡기고 있었기 때문에 왕은 바람을 보내거나 멈추는 것을 마음대로 할 수 있었다. 왕은 오디세우스를 친절히 접대하고 떠날 때는 해롭고 위험한 바람은 모두 가죽 자루에다 넣어 은사슬을 매어두어 그들에게 주었다. 동시에 순풍에게 명령하여 배를 그들의 고국으로 인도해주도록 했다.

그로부터 9일 동안, 그들은 평온한 바다에서 순풍에 돛을 달고 질주했다. 오디세우스는 며칠 동안 잠을 자지 않고 키 옆에 있었는데, 마침내 지쳐서 잠이 들었다. 그가 잠들자 선원들은 신비스러운 자루에 대해서 이야기를 나누었다.

선원들은 그 자루 속에 친절한 아이올로스 왕이 오디세우스에게 선사한 보물이 들어 있을 것이라는 결론을 내리고, 자기들도 조금씩 나누어 가지려고 끈을 풀었다. 끈을 풀자마자 바람이 튀어나왔다. 배는 진로로부터 멀리 벗어나 그들이 방금 출항한 섬으로 다시 되밀려왔다. 아이올로스는 그들의 어리석은 짓에 노하여 도움의 요청을 거부하였다. 그 때문에 그들은 같은 항로를 다시 한 번, 이번에는 고생을 하면서 노를 저어가지 않으면 안 되었다.

라이스트리곤과의 대결

그들의 다음 모험은 라이스트리곤이라는 야만족을 상대로 한 것이었다. 오디세우스 일행은 배를 모두 그들의 항구에 정박시켰다. 완전히 육지로 둘러싸인 만이어서 안전하리라고 생각했기 때문이었다. 오직 오디세우스만이 배를 항구 밖에 정박시켰다.

라이스트리곤들은 그 선박들이 완전히 자기네의 수중에 있다는 것을 알자 큰 돌을 던져 배를 부수고 전복시켰다. 그리고 물속에서 버둥거리는 선원들을 창으로 찔러죽였다. 항구 밖에 남아 있던 오디세우스의 배를 제외한 모든 배들이 선원들과 더불어 파멸하였다.

사태가 험악해지자 오디세우스는 도망치는 것 외에 별 도리가 없다고 판단하고, 부하들을 격려하여 힘껏 노를 젓게 하여 도망쳤다. 그리하여 그들은 가까스로 달아날 수가 있었다.

피살된 동료들에 대한 슬픔과 자신들이 무사히 도망친 것에 대한 기쁨에 뒤섞인 가운데 그들은 항해를 계속하여 마침내 태양의 딸 키르케가 살고 있는 아이아이에라는 섬에 도착하였다.

이곳에 상륙하자 오디세우스는 작은 언덕에 올라가 사방을 둘러보았다. 사람이 살고 있는 자취를 발견할 수 없었으나, 섬의 중심부 한 곳에 수목에 둘러싸인 궁정이 우두커니 서있는 것을 보았다. 그래서 그는 에우릴로코스의 인솔 아래 선원의 반을 파견하여, 탐사하도록 명령했다.

그러나 궁전에 접근하였을 때, 그들은 사자, 범, 늑대들에게 둘러싸이고 말았다. 그런데 이 짐승들은 사납지 않았다. 키르케의 마술에 의해 길들여졌던 것이었다. 키르케는 강력한 마술사였다. 이 동물들은 모두 전에는 인간이었으나, 키르케의 마술에 걸려 짐승의 형태로 변한 것이었다.

부드러운 음악소리와 아름다운 노랫소리가 안에서 들려왔다. 에우릴로코스가 큰소리로 부르니, 여신이 나와 그들을 맞아들였다. 그들은 기꺼이 안으로 들어갔으나, 에우릴로코스만은 혹시 위험하지 않을까 염려한 나머지 들어가지 않았다. 여신은 손님들을 별실로 안내하여 술과 여러 가지 진미를 대접했다. 그들이 실컷 먹고 마시고 있을 때, 키르케는 마법의 지팡이를 그들 하나하나에게 살짝 댔다. 그러자 그들은 모두 바로 돼지로 변해버렸다. '머리와 몸뚱이, 목소리와 털'은 돼지의 모습이었으나, 정신은 전과 다름이 없었다. 키르케는 그들을 돼지우리 속에 가두고 도토리와 돼지가 즐기는 먹이를 주었다.

에우릴로코스는 급히 배 있는 곳으로 돌아가 사정 이야기를 했다. 이에 오디세우스는 자신이 가서 어떠한 방법으로든지 동료들을 구출해보리라 결심했다. 혼자서 걸어가고 있을 때 한 젊은이가 오디세우스가 겪은 여러 가지 모험을 아는 체하며 그에게 친절히 말을 걸어왔다. 젊은이는 자기는 헤르메스라는 사람이라 밝히더니, 오디세우스에게 키르케의 마술에 관하여 알리고 그녀에 접근하면 위험하다고 말했다. 그러나 그것으로는 오디세우스를 단념시킬 수 없었으므로 헤르메스는 마술에 대항할 강

John William Waterhouse_오디세우스에게 술잔을 내밀며 술을 권하는 키르케

력한 힘을 가지고 있는 약초를 그에게 주고 그 사용법을 가르쳐주었다.

오디세우스가 궁전에 도착하자 키르케는 친절히 맞아들이며, 전에 그의 동료들에게 한 것과 같이 후대했다. 그가 식사를 끝내자 그녀는 지팡이를 그의 몸에 대면서 말했다.

"자, 돼지우리를 찾아가서 네 동료들과 뒹굴고 있거라."

그러나 마법에 걸려들지 않고 칼을 빼어서 고함을 지르며 그녀에게 달려들었다.

그녀는 무릎을 꿇고 용서를 빌었다. 오디세우스는 그녀에게 자기의 동료들을 풀어주고 다시는 자기나 동료들에게 해를 끼치지 않겠다는 서약을 하라고 명령했다. 그녀는 서약을 되풀이하고 친절히 대접한 후에 무사히 풀어주겠다고 약속하고 그대로 이행하였다.

돼지로 변한 사람들은 다시 본모습으로 돌아오고 다른 해안에 있는 선원들도 초대를 받아 날마다 굉장한 환대를 받았다. 마침내 오디세우스는 고국도 잊고 편안한 생활에 젖어 부끄러운 줄도 모르고 그 생활에 만족하여 시간을 보냈다.

참다못한 그의 동료들은 숭고한 감정을 다시금 일깨워주었고, 오디세우스는 그들의 충고를 감사히 받아들였다. 키르케는 그들의 출발을 돕고 세이렌들이 있는 해변을 무사히 통과하는 방법을 가르쳐주었다.

세이렌들은 바다의 님프인데, 노래를 불러서 이를 듣는 자를 매혹시키는 힘을 가지고 있었다. 그것을 들은 불행한 선원들은 그 힘에 이기지 못하고 바닷속으로 뛰어들어가고 싶은 충동을 일으켰다. 키르케는 오디세우스에게 선원들의 귀를 밀초로 막아 노랫소리를 듣지 못하게 하라고 일렀다. 오디세우스 자신은 선원들에게 몸을 돛대에 결박케 하여 세이렌의 섬을 통과하기까지는 그가 무슨 소리를 하거나 무슨 짓을 하거나 간에 절대로 풀어주어서는 안 된다고 일렀다.

오디세우스는 키르케의 말에 따랐다. 그는 부하들의 귀를 밀초로 막고 그들에게 자신을 줄로 돛대에 단단히 묶어두도록 명령하였다. 그들이 세이렌 섬에 접근하자 평온한 바다 위에서 매혹적인 노랫소리가 들려왔다. 그러자 오디세우스는 결박을 풀려고 마구 몸부림을 치며 부하들에게 말과 몸짓으로 몸을 풀어달라고 애원했다. 그러나 선원들은 애초의 명령에 따라 그를 더욱 단단히 결박하였다. 그들은 항해를 계속하였고 노랫소리가 점점 약해지더니 마침내 들리지 않게 되었다. 그때 비로소 오디세우스는 기뻐하며 선원들에게 귀에서 밀초를 빼라고 신호를 하였고, 그들은 오디세우스의 결박을 풀었다.

바다 괴물 스킬라와 카리브디스

오디세우스는 또 키르케에게서 스킬라와 카리브디스라는 두 괴물을 경계하라는 주의를 받았다. 우리는 이미 글라우코스의 이야기를 하였을 때, 스킬라에 대해서도 말한 바 있고, 그녀가 과거에는 아름다운 처녀였는데, 키르케에 의해서 뱀 모양의 괴물로 변형되었다는 사실을 이야기한 바 있다. 그녀는 높은 절벽 위에 있는 동굴 속에서 살며, 그곳에서 긴 목을 내밀어 목이 닿는 거리를 통과하는 배가 있으면 그 배의 선원을 한 사람씩 입으로 잡아먹었다.

또 하나 무서운 괴물은 카리브디스라는 해변 가까이 살고 있는 소용돌이였다. 매일 세 번씩 무서운 바위틈으로 물이 거세게 들이치고, 또 세 번씩 역류하는 것이었다. 이 소용돌이 근처를 통과하는 조수가 들이칠 때는 어쩔 수 없이 침몰할 수 밖에 없었다. 포세이돈일지라도 그것을 면할 수는 없었다.

이 무서운 괴물들이 출몰하는 장소에 접근하자, 오디세우스는 신중하게 감시를 하고 있었다. 카리브디스에 조수가 들이칠 때는 큰 물소리가 났기 때문에 멀리서도 경계할 수 있으나 스킬라는 어디 있는지 알 수가

Dumont Jacques_글라우코스와 스킬라

없었다. 오디세우스와 부하들이 불안에 가득 찬 눈으로 그 무서운 소용돌이를 감시하고 있을 동안에는 스킬라의 공격에 대해서 주의를 기울이지 못했다. 그때를 놓치지 않고 이 괴물은 뱀 모양의 머리를 내밀어 여섯 사람을 붙잡아 울부짖는 그들을 동굴 안으로 납치해갔다. 그것은 오디세우스가 이제까지 본 것 중에서 가장 슬픈 광경이었다. 동료들이 이같이 희생되는 것을 보고 또 그들의 비명을 들으면서도 속수무책이었다.

키르케는 또 다른 위험을 오디세우스에게 경고했다. 스킬라와 카리브디스를 통과한 다음 상륙할 곳은 트리나키아라는 섬이었는데, 그곳에서는 태양신 히페리온의 가축이 그의 두 딸 람페티아와 파에투사에 의해 길러지고 있었다. 아무리 항해자들에게 필요하더라도 절대 가축떼를 침범해서는 안 된다는 것이었다.

오디세우스는 이 태양신의 섬에 들르지 않고 통과하려고 했으나, 배를 정박시키고 해안에서 하룻저녁만 자도 피로를 회복할 수 있다고 부하들이 반대하는 바람에 어쩔 수 없이 양보를 했다.

오디세우스는 선원들에게 키르케가 배에 실어준 식량으로 만족해야 하며 신성한 양이나 기타의 가축에게는 하나도 손을 대서는 안 된다고 당부하면서 서약을 받았다. 식량이 남아 있는 동안에는 부하들도 서약을 지켰다. 그러나 역풍으로 말미암아 한 달 동안 섬에 억류되어 남은 식량을 모두 소비한 후에는, 새나 물고기를 잡아먹지 않으면 안 되었다. 굶주림은 그들을 괴롭혔고, 마침내 어느 날 오디세우스가 없을 때 그들은 가축을 몇 마리 죽이고서 그 일부분을 신들에게 바쳐 자기네들의 범행을 용서받으려고 하였다. 그러나 쓸데없는 짓이었다. 오디세우스는 돌아와 그들이 저지른 소행을 알고 공포에 떨었다. 뒤이어 일어난 불길한 징조는 더욱 불안하게 만들었다. 짐승의 껍질이 땅 위로 기어다니고,

고깃점은 불에 구울 때 꼬챙이에서 우는 소리를 냈다.

이윽고 순풍이 불기 시작하였으므로 그들은 섬을 떠났다. 얼마 가지 않아 기후가 변하더니 폭풍우가 일어나고 천둥소리가 진동하여 번갯불이 번쩍였다. 번개가 돛대를 부수고 돛대가 넘어지는 바람에 키잡이가 깔려 죽었다. 마침내 배까지도 부서져버렸다. 나란히 떠내려가는 용골과 돛대로 오디세우스는 뗏목을 만들어 몸을 의지하였다.

바람이 줄어들자 물결은 그를 칼립소 섬으로 옮겨놓았으나 다른 선원들은 다 사망했다.

이때부터 스킬라와 카리브디스는 사람의 앞길을 가로막는 진퇴양난을 의미하는 속담으로 사용된다.

바다의 님프 칼립소

칼립소는 바다의 님프였다. 신분이 낮기는 하지만 신들의 속성을 다분히 가지고 있는 여신들을 의미한다. 칼립소는 오디세우스를 따뜻이 맞아들여 환대하였다. 그리고 그를 사랑하게 되었고 영원히 죽지 않게 하여 언제까지나 자기 곁에서 떠나지 못하도록 하였다. 그러나 오디세우스는 고국의 가족에게로 돌아가려는 결심을 버리지 않았다. 칼립소는 마침내 그를 돌려보내주라는 제우스의 명령을 받아들이게 되었다.

헤르메스가 이 명령을 가지고 그녀에게 왔다. 칼립소는 따르기를 싫어했지만 제우스의 명령을 따를 수밖에 없었다. 그녀는 오디세우스에게 뗏목의 조립법을 가르쳐주고 식량도 충분히 실어주었으며, 순풍도 불게 해주었다.

오디세우스는 여러 날 동안 순조로이 항해하여 육지가 보이는 데까지 왔으나, 갑자기 폭풍우가 일어나 돛대가 부러졌으며 곧 뗏목도 망가질 것 같았다. 그가 이런 위기에 처해 있는 것을 한 동정심이 많은 바다의 님프가 발견했다. 그녀는 가마우지 모양으로 변신하여 뗏목 위에 앉아 그에게 띠를 하나 주고 그것을 가슴 밑에 매라고 일렀다. 물속으로 들어

가지 않으면 안 될 경우에는 그것이 몸을 뜨게 하여 헤엄쳐서 육지에 도달할 수 있게 해 줄 것이라는 말도 전해주었다.

페늘롱은 그의 「텔레마코스의 모험」이라는 이야기 속에서 오디세우스의 아들 텔레마코스가 아버지를 찾아 헤매는 동안의 몇몇 모험을 그리고 있다. 부친의 발자취를 더듬어가는 여러 장소 중에는 칼립소 섬도 있다. 그리고 부친의 경우와 마찬가지로 이 여신은 온갖 수단을 다하여 텔레마코스를 잡아두기 위하여 자기와 같이 불사신의 몸으로 해주겠다고 말하기도 했다.

그러나 아테나 여신이 멘토르의 모습을 빌려 텔레마코스를 따라가 그의 행동 일체를 지배하고 있었기 때문에, 이때도 칼립소의 유혹을 뿌리치도록 했다. 그리고 두 사람은 달리 도주할 길이 없음을 알자, 낭떠러지에서 몸을 던져 바다로 뛰어들어 바다 기슭에 머물러 있던 배로 헤엄쳐 갔다.

Jan Brueghel il Vecchio_오디세우스와 칼립소

파이아케스인의 도움

오디세우스는 뗏목에 몸을 의지할 수 있을 동안에는 그것에 착 달라붙어 있었다. 이윽고 그것마저 불가능하게 되자, 띠를 두르고 헤엄치기 시작했다. 아테나는 그의 앞을 막는 파도를 가라앉히고 바람을 보내 파도가 해안으로 흘러가게 했다.

밀려오는 파도가 바위에 높이 부딪혀서 쉽사리 뭍으로 접근할 수 없었다. 그러나 마침 조용히 흐르는 하구에 파도가 잔잔한 것을 발견하고는 뭍으로 올라갔다. 격심한 파도 때문에 지친 그는 숨도 제대로 못 쉬고 말도 못 한 채 마치 죽은 사람처럼 해안가에 드러누워 있다가 얼마 뒤 기운을 되찾자 기뻐 날뛰며 대지에 입을 맞추었다.

그러나 장차 어떻게 해야 할지 아직도 난감했다. 먼저 조금 떨어진 곳에 있는 숲을 발견하고 그리로 갔다. 그곳에서 나뭇가지가 우거져 햇볕과 비를 피할 수 있는 은신처를 발견하고 나뭇잎을 모아 침대를 만들고 그 위에 누워서 나뭇잎으로 몸을 덮은 뒤 잠을 실컷 잤다.

오디세우스가 도착한 곳은 바로 파이아케스인의 나라 스케리아였다. 파이아케스인들은 원래 키클로프스족이 살고 있는 근처에 살았으나,

Michele Desubleo_오디세우스와 나우시카의 만남

야만족의 억눌림을 벗어나 나우시토스라는 왕의 통치 아래에 있는 스케리아 섬으로 이주하였던 것이다.

호메로스의 말에 의하면, 그들은 신들과 혈연관계가 있는 종족으로서 신들은 그들이 제물을 헌납하면 함께 향연을 즐기고, 외로운 나그네를 만나는 일이 있어도 몸을 감추지 않았다고 한다. 풍부한 부를 지녔으며, 전장의 소동에도 동요됨이 없이 지내고 있었다. 그들은 부를 추구하는 사람들과 멀리 떨어져서 살고 있었기 때문에 아무런 적도 가까이 오는 일이 없었고, 따라서 그들은 활을 사용할 필요도 없었다. 그들의 주된 일은 항해였다. 그들의 배는 새가 날 때와 같은 속도를 낼 수 있었고, 지혜도 지니고 있었다. 배 스스로가 모든 항구를 알고 있어 따로 안내자가 필요하지 않았다. 나우시토스의 아들 알키노스가 그들의 왕이었는데, 현명하고 공정한 군주로서 백성들의 사랑을 받고 있었다.

오디세우스가 파이아케스인의 섬에 도착하여 나뭇잎 침상에서 자고 있던 그날 밤에, 왕의 딸 나우시카는 아테나가 보낸 꿈을 꾸었다. 꿈에 이르기를 그녀의 결혼이 머지않았으며, 그 준비로 모든 가족의 옷을 세탁해두는 것이 좋을 것이라는 것이었다.

그것은 쉬운 일이 아니었다. 샘은 상당히 멀리 떨어져 있어서 옷을 그리로 운반해야만 했기 때문이었다. 잠이 깨자 나우시카는 부모에게로 급히 갔다. 그녀는 결혼에 대하여는 언급하지 않았으나, 적당한 이유를 붙여서 가족의 옷을 세탁하자고 말했다. 아버지는 흔쾌히 승낙하고 하인들로 하여금 마차를 준비하도록 하였다.

세탁할 옷들이 마차에 실리고 어머니는 풍부한 식량과 술을 역시 마차에 실었다. 공주는 자리에 앉아 채찍질을 하고 시녀들은 걸어서 그녀의 뒤를 따랐다. 시냇가에 도착하여 노새들을 풀어 풀을 뜯어먹게 하고, 마차에서 짐을 내려 옷을 물가로 운반하여 즐거운 듯이 재빨리 세탁하여 순식간에 일을 마쳤다. 그러고는 세탁한 옷을 말리기 위하여 냇가에 널고 자신들도 목욕을 한 후에 앉아서 식사를 하였다. 식사를 마치자 한마음이 되어 냇가에서 공놀이를 하며 흥겹게 놀았다. 공주는 즐겁게 놀고 있는 그들을 위하여 노래를 불러주었다.

그러나 그들이 말린 옷을 걷어 가지고 시내로 돌아갈 채비를 하려 할 때, 아테나는 공주가 던진 공을 물속에 떨어지게 했다. 그 바람에 그녀들이 모두 소리를 쳤고, 오디세우스는 잠이 깼다.

이때의 오디세우스의 처지를 눈에 그려보자. 이 난파당한 선원은 바로 몇 시간 전에 거친 바다로부터 도피하여 모두 벌거숭이가 되어, 자다가 깨어보니 수풀 사이로 젊은 처녀들의—그것도 태도로 보나 차림새로 보나 미천한 농부의 딸이 아니라 고귀한 집안의 딸인 것같이 보이는—모습이 눈에 띄었다. 구원을 청할 마음은 간절했으나 감히 어떻게 벌거 숭이로 모습을 나타내고 자기가 원하는 것을 호소할 수 있겠는가? 이때야말로 그의 수호신 아테나가 나설 만한 순간이었다. 이 여신은 이제까지 그가 위기에 처했을 때 그를 버린 적이 한 번도 없었다. 오디세우스는 잎이 많이 달린 나뭇가지를 꺾어서 몸을 가리고 숲에서 걸어나왔다.

처녀들은 그를 보자 사방으로 도망쳤으나 나우시카만은 예외였다. 아테나가 그녀를 도와 용기와 분별력을 부여했기 때문이었다. 오디세우스는 공손한 태도로 멀리 서서 자기의 비참한 사정을 설명하고, 그 미인(그녀가 여왕인지 여신인지 오디세우스에게는 구별이 되지 않았기 때문에)에게 먹을 것과 입을 것을 간청했다. 공주는 바로 마련해드리겠다면서, 아버지도 사실을 아시면 그를 환대할 것이라고 친절히 대답했다.

그녀는 도주한 시녀들을 불러 모아놓고 침착성이 없다고 꾸짖고는 파이아케스인에게 두려워할 적이 없다는 사실을 그들에게 다시 한 번 되새겨주었다. 그녀는 그들에게 말하기를, 이분은 제우스의 나라로부터 온 불행한 나그네니 정중히 대접해야 한다고 하고는 그들에게 먹을 것과 옷을 가지고 오라고 명령했다. 마차 속에 남자 형제들의 옷이 있었다.

시녀들이 명령을 이행하자 오디세우스는 으슥한 곳으로 가 몸에서 바다 소금을 씻어 내고 옷을 입고, 식사를 하여 원기를 회복했다. 지혜의 여신은 그의 몸을 살찌게 하고. 넓은 가슴과 남자다운 얼굴에 우아한 빛을 퍼뜨렸다. 공주는 그를 보자 감탄하며 시녀들에게 자기는 신에게 이와 같은 남편을 보내달라고 원하였노라고 아무런 주저 없이 말했다.

그녀는 오디세우스에게 같이 갈 것을 권하고 들길을 갈 동안은 자기들 일행을 따라오라고 했다. 그러나 사람들과 마주칠 때는 자기들과 떨어져서 와주기를 원했다. 그 까닭은 무식하고 천한 백성들이 그녀가 전에 보지 못했던 멋쟁이를 데리고 돌아오는 것을 보고, 이러니저러니 떠들어 풍문을 만들까봐 두려워했기 때문이었다. 그런 일이 없도록 그녀는 그에게 성과 인접한 숲 속에서 잠시 기다려달라고 말했다. 그곳에는 아버지의 과수원이 있었다. 공주와 그 일행이 성 안으로 들어갈 동안 그곳에서 기다리고 있다가 나중에 오라는 것이었다. 그리고 누구든지 만나는 사람에게 부탁하면 왕궁까지 안내해줄 것이라고 했다.

오디세우스는 그녀의 말에 따랐다. 잠시 기다린 뒤 성을 향하여 걷기 시작했다. 성벽에 가까워졌을 때 물동이를 들고 물을 길러 오는 젊은 처녀를 만났다. 변장한 아테나였다. 오디세우스는 그녀에게 인사를 하고, 알키노스 왕의 궁전으로 안내해주기를 청했다. 처녀는 안내해주겠다고 공손히 대답했다. 궁전이 그녀 아버지의 집 근처에 있다는 것이었다. 오디세우스는 여신의 힘에 의하여 사람의 눈에 띄지 않게 구름으로 몸이 가려진 상태로 분주히 군중 사이를 걸어갔다.

오디세우스는 항구, 배, 공회당(영웅들의 집회소)과 성벽을 보고 놀라움을 금치 못했다. 마침내 궁전에 이르렀을 때, 여신은 그에게 그 나라와 장차 만날 왕과 백성들에 대한 예비지식을 전해주고 그의 곁을 떠났다.

오디세우스는 궁전 뜰 안으로 들어가기 전에 서서 주위를 살펴보았다. 그는 그 화려함에 매우 놀랐다. 놋쇠로 된 벽이 입구로부터 집안까지 연이어 있었고, 문은 모두 황금으로 되었으며, 문기둥과 상인방 돌은 은으로 되어 있었고, 군데군데 황금으로 장식되어 있었다. 문 양편에는 여러 마리의 맹견상이 금과 은으로 조각되어 있었으며, 마치 입구를 지키는 것같이 늘어서 있었다. 벽을 따라 쭉 의자가 놓여 그 위는 파이아케스 처녀들의 손으로 짠 훌륭한 직물로 덮여 있었다. 왕자들이 의자에 앉아 향연을 하고 있었고, 금으로 만든 우아한 청년상들이 손에 횃불을 들고 장내를 밝히고 있었다. 50명이나 되는 하녀들이 일에 열중하고 있었는데, 곡식을 빻고 있는 사람도 있었고, 자줏빛 양모를 풀고 있는 사람도 있었으며, 베틀에서 직물을 짜고 있는 사람도 있었다.

파이아케스의 여자들은 그 나라의 남자들이 배를 다루는 데에서 다른 나라 남자들보다 뛰어난 것과 마찬가지로 가사에서는 다른 어느 나라 여인들보다 뛰어났다. 궁전 밖에는 4에이커나 되는 넓은 과수원이 있었는데, 석류, 배, 사과, 무화과, 올리브나무 등 많은 나무들이 높이 솟아 있었다. 겨울의 추위나 여름의 가뭄도 나무의 성장을 방해하지 못했다. 한 나무가 열매를 맺으면 다른 나무는 싹이 터 계속하여 번갈아 번성했다.

포도원도 풍작이었다. 한편에는 꽃이 피고 탐스러운 포도송이가 달린 포도나무가 있는가 하면, 다른 곳에서는 포도를 수확한 사람들이 포도즙을 짜는 기구를 틀고 있었다. 과수원 주변에는 각종 꽃이 잘 가꾸어져 1년 내내 피어 있었다.

과수원 한가운데에는 두 개의 샘에서 물이 솟아올랐는데, 그중 한 샘물은 인공 수로에 의해 과수원 주위를 흐르고 있었고, 다른 샘물은 궁전의 안마당으로 흘러들어 주민들이 그곳에서 필요한 물을 길어갈 수 있게 되어 있었다.

오디세우스는 감탄하면서 이 광경을 바라보고 있었으나, 자신은 그들의 눈에 띄지 않았다. 아테나가 주위에 피운 구름이 아직 그를 가리고 있었기 때문이었다. 충분히 구경을 한 뒤에 빠른 걸음걸이로 궁전으로 들어갔다. 궁전에서는 원로들이 모여서 헤르메스에게 제주를 따르고 있었다. 헤르메스에 대한 예배가 만찬 후에 행해졌던 것이다.

바로 그때 아테나는 구름을 벗기어 오디세우스의 모습을 그들의 눈앞에 나타나게 했다. 그는 왕비가 앉아 있는 곳으로 나아가 그녀의 발밑에 무릎을 꿇고 고국에 돌아갈 수 있도록 은총과 원조를 요청했다. 그리고 물러서서 탄원자의 예절에 따라 난롯가에 가서 앉았다.

잠시 동안 아무도 말을 하는 사람이 없었다. 마침내 한 연로한 원로가 왕을 향해 입을 열었다.

"도움을 청하는 손님을 아무도 환영하지 않고 탄원자의 자세로 기다리게 하는 것은 예의가 아닙니다. 그를 우리 사이에 앉도록 하고 식사와 술을 대접하십시오."

이 말을 듣자 왕은 일어서서 오디세우스에게 악수를 청하고, 자기 아들에게 자리를 양보하게 하여 그 자리에 그를 앉도록 안내했다. 이윽고 식사와 술상이 나오자, 오디세우스는 그것을 먹고 기운을 회복했다.

왕은 족장과 원로들을 물러가게 하면서 내일 오디세우스를 위한 대책을 강구할 회의를 소집하겠노라고 명령했다. 모두들 물러가고 오디세우스가 홀로 왕과 왕비와 같이 남아 있을 때, 왕비는 그에게 그가 누구며 어디로부터 왔으며—그가 입고 있는 옷이 자기의 시녀들과 자신이 만든 것임을 알아채고—그 옷을 누구에게서 받았느냐고 물었다.

오디세우스는 자기가 칼립소 섬에 살고 있었는데, 그곳으로부터 떠나왔다는 것, 도중에서 뗏목이 난파하여 헤엄쳐서 도망하였다는 것, 그리고 공주의 원조를 받았다는 사실 등을 이야기했다. 왕과 왕비는 고개를 끄덕이며 듣고 있었다. 왕은 귀국할 배를 준비해주겠다고 약속했다.

그 이튿날 족장들은 회의를 열고, 왕의 약속을 확인했다. 배가 준비되고 노를 저을 건장한 선원들이 선발되어 궁전으로 갔는데, 그곳에서 성대한 잔치가 벌어졌다. 잔치가 끝난 뒤 왕의 명령으로 젊은 사람들은 손님에게 운동경기를 보여주었다. 그들은 경주, 레슬링 및 여러 가지 경기를 하기 위해 시합장으로 나갔다. 모두 최선을 다한 후에 오디세우스에게 할 수 있는 것은 무엇이든지 보여달라는 청을 했다. 처음에는 거절하였으나 한 젊은이가 조롱을 하자, 어떤 파이아케스인도 던질 수 없을 정도로 무거운 쇠고리를 잡고서 그들 중 어느 누구보다도 멀리 던졌다. 그러자 모두들 놀라서 그들의 손님을 깊이 존경하며 우러러보았다.

경기가 끝난 뒤에 그들은 궁전으로 돌아갔다. 그때 전령이 장님인 음유시인 데모도코스를 데리고 들어왔다.

> 뮤즈의 사랑을 받았으나
> 뮤즈는 그에게 좋은 것과
> 나쁜 것을 함께 주었노라.
> 이 사내로부터 시력을 박탈하였으나
> 천상의 노래를 부여하였노라

데모도코스는 노래의 제목으로 그리스군이 트로이 성내에 쳐들어갈 때 수단으로 사용했던 목마를 취했다. 아폴론이 시인에게 영감을 주었다. 음유시인은 트로이 함락 당시의 비참한 일과 군사들의 눈부신 활약상을 실로 감동적으로 노래했다. 그러자 모두들 기뻐했으나, 오디세우스만은 눈물을 흘렸다. 그것을 보고 알키노스 왕은 노래가 끝났을 때 그에게 왜 트로이 이야기를 듣고 슬퍼하느냐고 물었다. 그곳에서 아버지를 잃었는지, 형제를 잃었는지 혹은 친구를 잃었는지에 대해서 물었다.

이에 오디세우스는 마침내 자기의 본명을 밝히면서 그 이유를 설명했다. 그리고 그들의 요구에 응하여 트로이를 출발한 이래 겪은 여러 가지 모험을 이야기했다. 이 이야기를 듣고 파이아케스인의 오디세우스에 대한 동정과 감탄은 절정에 달했다. 왕은 그곳에 있던 족장들을 향하여 손님에게 선물을 줄 것을 제안하고, 자신이 먼저 모범을 보였다. 그들은 이 제안에 따라 서로 앞을 다투어 값진 선물을 이 유명한 손님에게 선사하였다.

아테나 상

이튿날 오디세우스는 파이아케스의 배를 타고 출범하여 잠시 후에 자기의 고국인 이타카 섬에 무사히 도착했다. 배가 해변에 도달했을 때, 잠들어 있었다. 선원들은 그를 깨우지 않은 채 해변에 내려놓고 선물이 든 상자와 함께 그곳에 남기고 떠나버렸다.

포세이돈은 파이아케스인이 자기의 수중에서 오디세우스를 구출한 것에 대해 불쾌해했다. 따라서 배가 항구로 귀환하려는 순간 항구 입구에서 바위로 변하게 만들고 말았다.

칼라일 경은 『터키 그리스 항해 일기』 속에서 코킬라(코르프) 섬에 대해서 다음과 같이 말하고 있다.

그는 이 섬을 옛날 파이아케스인의 섬이라고 생각하고 있었다.

"이곳의 유적을 보면 『오디세이아』의 이야기도 수긍이 간다. 바다신의 신전이, 이보다 더 적절한 장소는 없으리라 생각되는 곳에, 항구와 수로와 대양을 내려다보는 바위산 끝에 있는 아주 보드라운 잔디밭 푸른 대지에 서 있다. 만의 입구에는 아름다운 바위 하나가 작은 수도원을 태우고 떠 있는데, 전설에 의하면 그것은 오디세우스를 태우고 있던 배가 모습을 바꾼 것이라 한다.

섬에는 아마도 하나뿐인 강이 있는데, 국왕의 도시나 궁전의 유적에서 서 멀리 떨어진 곳을 흐르고 있다. 그래서 저 나우시카 공주는 시녀들을 이끌고 가족의 옷을 빨래하러 갈 때, 마차를 탔으며, 먹을 음식들을 가지고 갔던 것이다."

구혼자들의 최후

　　오디세우스는 수년간이나 이타카를 떠나 있었으므로 잠을 깼을 때 곧장 자기의 고국을 알아보지 못했다. 아테나가 젊은 양치기의 모습으로 그에게 나타나, 그곳이 어디며 그가 없는 동안 궁전에서 일어난 일들을 들려주었다.

　　오디세우스가 들은 바에 의하면 이타카와 인근 여러 섬의 100명 이상이나 되는 귀족들이 그가 죽은 것으로 여기고, 그의 아내인 페넬로페에게 오랫동안 구혼하고 궁전과 백성을 마치 자기들의 소유나 되는 것처럼 위세를 부리고 있었다.

　　오디세우스가 그들에 대하여 복수하려면 정체가 발각되지 않아야만 했다. 그래서 아테나는 그를 추한 거지의 모습으로 변하게 하였다. 거지 모습을 한 채 돼지를 기르는 에우마이오스를 찾아갔다.

　　이때 오디세우스의 아들 텔레마코스는 부친을 찾으러 집을 나가고 없었다. 트로이 원정으로부터 귀환한 여러 왕들의 궁전을 하나씩 방문했는데, 도중 아테나로부터 귀가하라는 권고를 받았다. 귀가해서 구혼자들 앞에 나타나기 전에 그동안의 궁전 사정을 알기 위해서 에우마이오스를 찾아갔다. 텔레마코스는 낯선 사람이 있는 것을 보고서는 비록 거지차림을 했으나, 친절히 대접하고 도와주겠다고 약속했다. 그리고 어머니 페넬로페에게 자신의 귀환을 알리기 위해서 에우마이오스를 보냈다.

텔레마코스는 구혼자들을 조심해야만 했다. 왜냐하면 그들은—텔레마코스도 알고 있는 일이었지만— 자신을 암암리에 납치하여 아무도 모르는 새에 없애버리려는 음모를 꾸미고 있었기 때문이었다. 에우마이오스가 떠나자, 아테나가 나타나서 아들에게 정체를 알리라고 오디세우스에게 지시했다. 동시에 그의 몸에 손을 대어 늙고 가난한 모습을 걷어내고, 본래의 웅장한 모습으로 만들었다. 텔레마코스는 깜짝 놀라 처음에는 그가 인간 이상의 존재임이 틀림없으리라고 생각했다. 그러자 오디세우스는 자기가 아버지라고 밝힌 후 겉모양이 달라진 것은 아테나의 도움 때문이라고 설명했다.

그러자 텔레마코스는 팔로 부친의 목을 껴안고 울었다. 두 사람은 다정한 말을 나누면서 실컷 울었다.

두 부자는 구혼자들을 제압하여 그들의 만행에 복수할 방법을 상의했다. 그 결과 텔레마코스는 궁전으로 가서 전과 같이 구혼자들 사이에 섞여 있을 것이고, 오디세우스도 거지의 모습으로 갈 것을 약속하였다.

고대에는 거지가 지금과는 다른 특권을 향유하고 있었다. 거지는 길손으로서, 그리고 재미있는 이야기를 하는 사람으로서 고관들이 거주하는 궁전에도 입실이 허가되어 손님으로서 대접받는 일이 종종 있었다. 그러나 모욕을 당하는 일도 분명 있었다. 오디세우스는 아들에게 당부하기를 자기에게 보통 이상의 관심을 보여서 정체를 알고 있는 것 같은 인상을 주지 말도록 하고, 자기가 모욕을 당하거나 얻어맞는 일이 생기더라도 모르는 사람을 대하는 것 이상으로 간섭해서는 안 된다고 일렀다.

궁전에 들어가보니 전과 다름없는 음주와 음탕한 광경이 펼쳐져있었다. 구혼자들은 비록 내심으로는 텔레마코스를 없애버리려는 음모가 실패한 것을 원통하게 생각했으나, 겉으로는 그가 돌아온 것을 반기는 척했다.

늙은 거지에게도 입실을 허용하고 음식을 제공했다. 오디세우스가 궁전 뜰 안으로 들어갔을 때 감동적인 일이 일어났다. 늙어서 거의 빈사상태로 드러누워 있던 개가 낯선 사람이 들어오는 것을 보고는 귀를 세우며 머리를 들었다. 그것은 전에 오디세우스가 사냥할 때 데리고 다니던 아르고스라고 부르는 개였다. 그 개는 오랫동안 보지 못하던 오디세우스가 가까이 오는 것을 보자, 귀를 위로 세우고 기쁜 듯 꼬리를 흔들었다. 그렇지만 몸을 일으켜 전과 같이 주인에게 접근할 기력은 더 이상 남아있지 않았다. 오디세우스는 그를 보고 남모르게 흐르는 눈물을 닦았다. 이윽고 아르고스의 운명은 늙어버린 자신의 생명으로부터 자유로워졌다. 살아서 20년 만에 가까스로 주인과 만나자마자.

오디세우스가 자리에 앉아 음식을 먹고 있을 때, 구혼자들은 오만한 행동을 하기 시작했다. 거지인 오디세우스가 조용히 항의하자, 그 가운데 한 사람이 의자를 들어 그를 때렸다. 텔레마코스는 자기의 아버지가 자기 궁전에서 모욕을 당하는 것을 보자 분노를 금할 수 없었다. 그러나 부친의 당부를 생각해 내고서, 비록 젊었으나 집주인이요, 빈객들의 보호자로서 예의에 어긋나는 말을 하지 않았다.

한편 페넬로페는 구혼자 중에서 한 사람을 선택하는 것을 더 이상 연기할 구실이 없었다. 이제까지 남편이 돌아오지 않는 것을 보면 더 이상 희망을 걸 필요가 없을 것 같았다. 그동안 아들이 자라서 일을 처리할 수 있게 되었다. 그래서 그녀는 아들의 의견을 받아들여 구혼자들의 재

John William Waterhouse_페넬로페와 구혼자들

능을 시험하여 선택하기로 결정했다.

　시험은 활쏘기였다. 열두 개의 고리가 일렬로 배열되고, 이 열두 개 전부를 화살로 관통한 사람이 왕비와 결혼하기로 결정되었다. 전에 오디세우스가 친구로부터 받은 활을 무기고에서 끌어내어, 화살이 가득 찬 화살통과 함께 홀 안에 놓았다. 텔레마코스는 활 외의 다른 무기는 경기에 열중한 나머지 제정신을 잃고 마구 휘두를 위험이 있을지도 모른다는 구실로 다른 곳으로 옮기도록 했다.

　시합 준비가 다 된 후 최초의 시험은 시위를 메기기 위하여 활을 구부리는 일이었다. 텔레마코스가 시험해보았으나 허사였다. 그래서 그는 자기 분수에 넘친 일을 시도했다고 겸손히 고백하면서 활을 다른 사람들에게 넘겼다. 그러나 이 사람도 성공하지 못했고 동료들의 웃음과 조롱 속에서 손을 떼었다. 다른 사람, 또 다른 사람이 해보았다. 그들은 활에 기름도 발라보았으나 아무 효과가 없었다. 활은 구부러지려고 하지 않았다. 마침내 오디세우스가 입을 열고 자기에게도 한번 시켜달라고 겸손히 말했다.

"저는 지금 거지입니다만, 전에는 무사였습니다. 저의 사지에는 아직도 힘이 약간 남아 있습니다."

구혼자들은 조소하고 소리치며 저런 오만무례한 자를 내쫓으라고 명령했다. 그러나 텔레마코스는 큰 소리로 그를 변호하며 늙은이의 마음을 만족시켜 준다는 뜻에서 한번 해보라고 명령했다. 오디세우스는 활을 손에 잡고 대가의 솜씨로 조종했다. 손쉽게 줄을 오늬에다 맞춘 다음, 화살을 활시위에 메기고, 줄을 당겨 화살을 어김없이 고리 속으로 관통시켰다.

그러고는 그들에게 경탄의 소리를 낼 여유도 주지 않고 다음과 같이 외쳤다.

"이게 또 하나의 표적이다."

동시에 구혼자 중에서 제일 무례한 자를 향해 정면에서 겨누었다. 화살이 목구멍을 관통하자 그는 곧바로 쓰러졌다. 텔레마코스와 에우마이오스, 그 밖의 충복들이 단단히 무장을 하고서 오디세우스의 곁으로 뛰어왔다. 구혼자들은 놀라 주위를 돌아보면서 무기를 찾았으나 하나도 없었고, 에우마이오스가 문을 지키고 있었기 때문에 도망칠 수도 없었다.

오디세우스는 마침내 자기의 정체를 밝혔다. 자기가 오랫동안 부재중이던 주인이라는 것, 그들이 이제까지 침범한 것은 자기의 집이요, 그들이 탕진한 재산 역시 자기의 재산이요, 10년 동안 그들이 괴롭힌 것도 자기의 아내와 아들이라는 것을 밝히고, 이에 대해 철저히 복수하겠노라고 선언했다. 구혼자들은 모두 다 참살되고, 오디세우스는 다시 궁전의 주인이 되어 그의 왕국과 아내를 되찾게 되었다.

아이네이아스의 모험

생존한 트로이 사람들은 고국이 멸망한 후 대장 아이네이아스에 인도되어 새로운 세상을 찾아 떠났다. 목마가 뱃속에 있던 병사들을 토해내어 트로이가 함락되고 불바다가 되던 운명의 밤에, 아이네이아스는 아버지와 아내와 어린 아들을 데리고 도망쳤다. 그의 아버지 앙키세스는 늙어서 빨리 걸을 수 없었기 때문에 아이네이아스는 그를 어깨에 들쳐메고 갔다. 무거운 짐을 지고 아들의 손을 잡고 아내를 이끌고 될 수 있는 한 빨리 그 불타는 도시에서 빠져 나가려 했으나, 아내는 어느새 그 혼란 가운데 휩쓸려 마침내 보이지 않게 되었다.

항구에 도착하니 그곳에는 이미 많은 피난민들이 모여 있었는데, 그들은 모두 아이네이아스를 따라 트로이를 떠나 새로운 세상으로 가려 했다. 수개월 동안 준비를 한 뒤 마침내 출항했다.

그들은 처음에 인접한 트라키아 해안에 도착하여 그곳에 도시를 건설할 준비를 했는데, 아이네이아스의 신상에 이상한 일이 일어나 일이 중단되었다. 아이네이아스는 제물을 바치려고 가까운 숲에서 나뭇가지를 꺾었다. 그런데 놀랍게도 꺾은 자리에서 피가 흘러내렸다. 계속 가지를 꺾자, 땅속에서 어떤 소리가 들려왔다.

"살려주시오, 아이네이아스. 나는 당신의 친척인 폴리도로스요. 나는 여기서 많은 화살을 맞고 피살되었는데, 그때의 화살이 나의 피를 빨고 자라나 이렇게 숲이 되었다오."

이 말을 듣고 아이네이아스는 트로이의 어린 왕자였던 폴리도로스를 기억해냈다. 폴리도로스의 아버지는 그의 아들을 전쟁의 재난으로부터 멀리 떨어진 곳에서 키우기 위해 이웃 나라인 트라키아에 많은 재물과 함께 보낸 적이 있었다. 그런데 트라키아 왕은 이 아이를 죽이고 재물을 빼앗았다. 아이네이아스와 동료들은 그곳이 범죄로 인해 저주받은 땅이라는 것을 알고서는 급히 떠났다.

다음으로 델로스 섬에 상륙했다. 이 섬은 원래 떠다니던 것이었는데 제우스가 견고한 쇠사슬로 해저에 묶어놓았다. 그 후 아폴론과 아르테미스가 이곳에서 태어나자, 이 섬은 아폴론에게 봉헌되었다.

이곳에서 아이네이아스는 아폴론의 신탁에 문의했지만, 그의 신탁이 늘 그렇듯이 다음과 같이 애매한 답변만을 늘어놓았다.

"너희의 옛날 어머니를 찾아보아라. 그곳에 아이네이아스 종족이 사는데, 다른 모든 국민을 그들의 지배하에 놓을지어다."

트로이인들이 이 말을 듣고 기뻐했다. 그리고 바로 서로 물었다.

"신탁이 뜻하는 곳은 어딜까?"

앙키세스는 자기들의 조상이 크레타에서 왔다는 전설이 있는 것을 상기하고는 그곳으로 떠났다. 그들은 크레타에 도착하여 곧 도시를 건설하기 시작했다. 이 무렵 갑자기 그들 사이에 병이 발생하고, 애써 지어놓은 밭에서는 한 알의 곡식도 거둘 수 없었다. 이러한 암담한 사태에 놓여 있을 때 아이네이아스는 꿈을 꾸었다. 그 꿈에서 이르기를, 그곳을 떠나서 헤스페리아라는 서쪽에 있는 나라로 가라 했다.

그곳은 트로이 민족의 조상인 다르다노스가 처음으로 이주해 온 곳이었다. 그들은 오늘날 이탈리아라고 부르는 헤스페리아를 향해 떠나기로 했다. 그곳에 도달하는 동안 갖가지 모험을 겪었고, 오늘날 같으면 지구를 몇 바퀴나 돌았을 법한 오랜 세월이 흐른 뒤에야 겨우 그곳에 도착했다.

그들이 처음 상륙한 곳은 하르피이아이들이 살고 있는 섬이었다. 하르피이아이는 처녀의 머리를 하고 긴 발톱에 늘 굶주려 있어 창백한 얼굴을 한 혐오스러운 새였다. 이 새들은 옛날에 제우스가 그 잔인한 소행에 대한 벌로 시력을 박탈한 피네우스라는 자를 괴롭히기 위하여 신들이 보낸 피조물이었다. 피네우스 앞에 식사가 놓이면 언제나 공중으로부터 하르피이아이가 날아와서 가로채가는 것이었다. 그런데 그 새들이 아르고호 원정대의 영웅들에 의하여 피네우스 곁에서 추방되어 이 섬으로 도피하였다가 이제 아이네이아스에게 발견된 것이다.

배가 항구로 들어섰을 때, 트로이인들은 가축떼가 들판을 배회하고 있는 것을 보았다. 그래서 그들은 필요한 만큼의 가축을 잡아 잔치를 할 준비를 했다. 그러나 그들이 모두 식탁에 앉자마자, 갑자기 무섭고도 요란한 소리가 공중에서 들려왔다. 그리고 추악한 하르피이아이들이 그들을 향해서 돌진하여 내려와, 발톱으로 접시에 있는 고기를 낚아채어 그대로 날아가려고 했다.

아이네이아스와 그의 동료들은 칼을 빼들고 이 괴물들 속에 들어가 휘둘렀으나, 아무리 공격해도 효과가 없었다. 너무나도 민첩하여 맞힐 수가 없었고, 맞히더라도 날개가 딱딱하여 칼로도 뚫을 수 없는 갑옷과 같았다. 그중의 한 마리가 가까운 곳에 있는 절벽 위에 앉아 부르짖었다.

"트로이 놈들아, 죄 없는 우리에게 이런 짓을 하느냐? 처음에는 우리의 가축을 도살하더니 우리에게까지 싸움을 거느냐?"

그리고 장래 그들의 앞길에 무서운 재난이 있을 것이라고 예언한 후 마음껏 욕을 퍼붓고는 날아가버렸다.

트로이인들은 급히 그곳을 떠나서 다음에는 에페이로스 해안을 따라 항해했다. 그들이 이곳에 상륙했을 때, 놀랍게도 이전에 포로로서 이곳에 끌려왔던 몇 사람의 트로이인들이 이 지방의 지배자가 되어 있는 사실을 발견했다.

헥토르의 미망인 안드로마케는 승리를 거둔 그리스군의 어느 대장의 아내가 되어 아들 하나를 낳았는데, 그 대장이 죽자 그녀는 아들의 후견인으로서 이 나라의 섭정이 되어 있었다. 같은 포로 출신인 트로이의 왕족 헬레노스와 안드로마케는 아이네이아스 일행을 정중하게 환대하고 선물을 주어 보냈다.

이곳에서 떠나온 아이네이아스 일행은 시켈리아 해안을 따라 항해하여, 키클로프스의 나라를 통과하였다. 그때 그들을 부르는 자가 있었는데, 그 모습은 초라했으나 복장으로 보아 그가 그리스인이라는 것을 알았다.

그는 자기가 오디세우스 일행이었는데, 오디세우스가 자기도 모르는 사이에 급히 떠났기 때문에 홀로 남게 되었다고 말했다. 그는 오디세우스가 폴리페모스를 상대로 한 모험담을 들려주었다. 그리고 이곳에서는 나무열매나 풀뿌리 외에는 먹을 것이 없고, 항상 키클로프스들의 위협을 받고 있으니, 같이 데려가달라고 간청했다.

그가 말하고 있는 동안에 폴리페모스가 나타났다, 흉할 정도로 몸집이 크고 하나밖에 없는 눈마저 먼 무서운 괴물이었다. 그는 도려낸 눈구멍을 바닷물로 씻으려고 지팡이로 길을 더듬으며 조심스럽게 바닷가로

아이네이아스와 앙키세스

내려왔다. 그리고 그들이 있는 곳을 향해 물속을 걸어왔다. 그는 키가 무척 컸기 때문에 깊은 바닷속도 개의치 않고 들어갈 수 있었다.

트로이인들은 무서워 그를 피하려고 노를 잡았다. 노 젓는 소리를 듣고 폴리페모스는 그들을 향해 부르짖었다. 그 소리는 해안을 쩌렁쩌렁하게 울렸다. 그러자 그 소리를 들은 다른 키클로프스들이 동굴과 숲 속에서 뛰어나와 해안에 한 줄로 늘어섰는데, 이것은 마치 키 큰 소나무들이 늘어선 것 같았다. 트로이인들은 열심히 노를 저어 그들의 시야에서 벗어나는 데 성공했다.

아이네이아스는 일찍이 헬레노스로부터 괴물 스킬라와 카리브디스가 지키고 있는 해협을 피하라는 주의를 받은 적이 있다. 그곳에서 오디세우스는 카리브디스를 피하는 데 온 정신을 집중하고 있다가 스킬라에 여섯 명의 부하를 잃었다. 그래서 아이네이아스는 헬레노스의 충고에 따라 이 위험한 해협을 피하고 시칠리아 섬 해안을 따라 항해했다.

하늘에서 이를 지켜보던 헤라는 트로이인들이 목적지를 향해 순조롭게 그 여로를 재촉하고 있는 것을 보자, 옛날에 그들에 대해 품었던 원한이 또다시 되살아나는 것을 느꼈다. 그녀는 파리스가 자기의 아름다움을 무시하고 황금 사과를 다른 여신에게 주어 자기를 멸시했던 그 일을 결코 잊을 수가 없었다.

"신들의 마음속에도 이와 같은 원한이 깃들다니!"

그녀는 급히 바람의 지배자인 아이올로스에게로 갔다.

아이올로스는 전에 오디세우스에게 순풍을 보내주고 역풍을 모두 묶어 자루 속에 넣어주었던 신이다. 아이올로스는 여신의 명령에 따라 자기의 아들 보레아스(북풍)와 티폰(태풍), 그 밖의 바람들을 보내어 풍랑을 일으키게 했다.

드디어 무서운 폭풍우가 일어나고 트로이인의 배들은 그들의 진로에서 벗어나 아프리카 해안으로 밀려나갔다. 배들은 난파할 위험에 직면하자 서로 흩어졌고, 아이네이아스는 자기 배 외에 다른 배들이 다 없어진 것을 알았다.

이런 위급한 때 포세이돈은 폭풍우가 거칠게 포효하는 소리를 듣고, 이것이 자기가 명령한 것이 아니라는 것을 알고서는 파도 위로 머리를 내밀어보았다. 그러자 폭풍우에 밀려서 떠내려가는 아이네이아스의 선단이 보였다. 그는 헤라가 트로이인에 대해 적의를 품고 있는 것을 알고 있었으므로 그 상황을 이해는 했지만, 자기의 영역을 침범당한 데 대한 노여움은 참을 수가 없었다. 그는 바람들을 불러 엄격히 꾸짖고서 돌려보냈다. 그러고는 파도를 가라앉히고, 태양을 가리고 있던 구름을 밀어젖혔다. 그리고 암초에 올라 움직이지 않게 된 배들 가운데 몇 척을 포세이돈 자신이 삼지창으로 비틀어서 끌어내리고, 그동안에 트리톤과 바다의 님프가 다른 배 밑에서 어깨로 밀어넣어 들어올려 물 위에 다시 뜨게 했다.

트로이인들은 바다가 평온하게 되자 제일 가까운 해안을 찾아갔는데, 그곳은 카르타고 해안이었다. 여기서 아이네이아스는 선단이 몹시 파손되긴 했으나, 차례차례 모두 무사히 그곳에 도착한 것을 보고 크게 기뻐했다.

디도의 죽음

트로이의 유랑민들이 상륙한 카르타고는 시칠리아 반대편인 아프리카 해안에 있는 도시였다. 이곳은 당시 티로스인의 유민들이 그들의 여왕 디도의 지도 아래 새로운 나라의 기초를 쌓으려던 곳으로 후에 로마의 적이 되는 운명을 지닌 나라였다.

디도는 티로스의 왕 벨로스의 딸이요, 부왕의 왕위를 계승한 피그말리온의 누이동생이었다. 그녀의 남편은 거대한 재산을 소유한 시카이오스라는 자였는데, 피그말리온은 그 재산에 눈이 어두워 그를 죽음에 이르게 했다. 그러자 디도는 많은 친구들과 부하들을 모두 이끌고 몇 척의 배를 타고 시카이오스의 재산을 모두 싣고 티로스로부터 도망치는 데 성공했다.

마침내 자기들의 미래의 보금자리로 선택한 장소에 이르자 원주민에게 한 마리의 황소 가죽으로 둘러쌀 수 있을 정도의 토지로도 족하니 좀 나누어달라고 부탁하였다. 흔쾌히 승낙을 받자 디도는 황소 가죽을 가늘고 길게 잘라 몇 개로 만들어 그것으로 토지를 둘러싸고, 그 경계 안에 성채를 쌓고, 비르사(짐승의 가죽)라고 불렀다. 얼마 후에 이 성채 주위에 카르타고 시가 일어나 크게 번영했다.

마침 이러한 상황에 놓여 있을 때, 아이네이아스가 동료들과 함께 이곳에 도착했다. 디도는 이 유명한 유랑민들을 친절히 환대했다.

"나 자신도 고생을 했기 때문에 불행한 사람들을 도울 줄 알게 되었습니다."

여왕은 그들을 환대하기 위하여 축제를 열고, 힘과 기능을 다투는 경기를 개최했다. 아이네이아스 일행도 여왕의 신하들과 대등한 조건으로 종려나무잎(승리를 의미)을 얻으려고 다투었다.

"나는 승리자가 트로이인이든 티로스인이든 구별하지 않겠다."

이와 같이 여왕이 선언했기 때문이었다. 경기가 끝난 후 잔치가 벌어지고 그 좌석에서 아이네이아스는 여왕의 요청을 받아들여 트로이에 있었던 여러 사건과 트로이 함락 후의 자기의 모험담을 이야기했다.

디도는 그의 공적에 크게 감격했다. 그녀는 마침내 그를 사랑하게 되었는데, 아이네이아스도 기꺼이 이 행운을 받아들일 것이라고 생각했다. 그 역시도 유랑생활을 행복으로 마무리하고 가정과 왕국과 아내를 동시에 차지할 수 있으므로 긍정적이었다.

서로가 교제를 즐기는 동안에 수개월이 경과했다. 그리하여 이탈리아의 일도 또 그 해안에 건설할 예정인 왕국에 대해서도 서로 모두 잊은 듯했다. 이것을 본 제우스는 곧 헤르메스를 아이네이아스에게 보내어 그에게 숭고한 사명감을 환기시키고 항해를 계속하도록 명령하였다.

디도는 아이네이아스를 만류하려고 갖은 유혹을 하여 설득하려고 힘썼으나, 이별은 피할 수 없는 운명이었다. 그녀의 사랑과 자존심이 입은 상처는 너무나도 컸다. 그녀는 마침내 그가 가버린 것을 알고는 전부터 쌓아두었던 화장용 나무더미 위에 올라 자신의 몸을 찌르고 나무더미와

함께 불타버렸다. 그곳을 떠나던 트로이인들도 도시 상공으로 타오르는 화염을 보았다. 그 원인은 알 수 없었으나, 그것을 본 아이네이아스는 불길한 사건의 전조와 같은 것을 느꼈다.

팔리누루스의 희생

　아이네이아스 일행은 다음에 시칠리아 섬에 기항했는데, 당시 이곳을 지배하고 있던 트로이 왕가의 피를 받은 아케스테스에게 환대를 받은 후, 다시 배를 타고 이탈리아를 향해 항해를 계속했다.

　아프로디테는 포세이돈에게 자기의 아들(아이네이아스)이 바라는 목적지에 도달케 하고, 항해의 위험을 없애 달라고 청원했다. 포세이돈은 조건을 들어 승낙했는데, 그것은 한 사람의 생명을 희생물로 제공하면 다른 생명은 살려주겠다는 것이었다. 그 희생자로 지목된 사람은 키잡이 팔리누루스였다. 그가 손에 키를 잡고, 별을 바라보면서 앉아 있을 때, 포세이돈에 의해 파견된 잠의 신 히프노스가 포르바스(트로이의 왕 프리아모스의 아들)의 모습으로 변장하여 다가서며 이렇게 말했다.

　"팔리누루스야, 바람은 순조롭고 해면은 평온하다. 그리하여 배는 순조롭게 항해하고 있다. 피곤할 것이니 잠깐 누워서 쉬는 것이 좋지 않겠나? 내가 자네 대신 키를 잡아줄 테니."

　"해면이 평온하다느니, 순풍이라느니 그런 말은 입 밖에도 내지 마시오. 나는 바다가 배반하는 것을 너무도 많이 보아왔소. 이런 변덕스러운

John William Waterhouse_잠의 신 히프노스(양귀비 든 소년)와 그의 쌍둥이형제 죽음의 신 타나토스(1874)

날씨에 어떻게 항해를 아이네이아스에게 맡길 수 있단 말입니까."

그리고 팔리누루스는 계속하여 키를 잡은 채 별을 응시했다. 그러나 히프노스가 '망각의 강'인 레테 강가의 이슬에 젖은 나뭇가지를 그의 머리 위에서 흔들자 눈이 자꾸만 감겼다. 이때 히프노스가 그의 몸을 밀자 팔리누루스는 넘어지며 바닷속으로 빠지고 말았다. 손에 키를 잡은 채로 떨어졌으므로 키도 그와 함께 떨어져나갔다.

그러나 포세이돈은 약속한 것을 잊지 않고 키도 키잡이도 없는 배를 전진케 했다. 아이네이아스는 얼마 후에야 팔리누루스가 없어진 것을 알고 이 충실한 키잡이의 죽음을 매우 슬퍼하며 직접 키를 잡았다.

배는 마침내 이탈리아의 해안에 도착했다. 일행은 기뻐 날뛰며 육지로 뛰어올라갔다. 부하들이 야영 준비를 하고 있는 동안에 아이네이아스는 시빌레(아폴론 때로는 다른 신들의 신탁을 고하는 무녀)의 집을 찾아갔다. 그곳은 아폴론과 아르테미스에게 봉헌된 신전과 숲에 인접한 동굴 속이었다.

아이네이아스가 그곳 주변을 바라보고 있을 때 시빌레가 그에게 말을 걸어왔다. 그녀는 그가 무엇을 하러 이곳에 왔는지 알고 있는 것처럼 보였다. 그리고 아폴론의 영감을 받아 갑자기 예언자가 된 듯한 어조로 아이네이아스가 최후의 성공을 거두기까지 겪어야 할 노고와 위험을 암시했다. 그리고 다음과 같은 격려의 말로 끝을 맺었는데 그 후 속담이 되었다.

"재난에 굴하지 마라. 더 용감히 전진하라."

아이네이아스는 무슨 일을 당하더라도 이겨낼 각오가 되어 있다고 답변했다.

그에게는 오직 하나의 소원이 있었다. 꿈에서 죽은 자들이 있는 곳을 찾아 그의 아버지 앙키세스를 만나라고 지시받았다. 아버지로부터 자신의 장래 운명과 자신이 이끄는 민족의 운명에 대한 계시를 받아야 하기 때문이었다. 그는 그녀에게 이 임무를 완수하는 데 필요한 도움을 청했다. 그러자 시빌레는 대답하였다.

"아베르누스까지 내려가는 것은 그다지 어려운 일이 아니오. 하데스의 문은 밤낮으로 열려 있소. 그러나 발을 돌려 지상세계로 돌아오는 일은 힘들고 어려운 일이오."

그리고 그녀는 숲 속에 가서 황금의 가지가 하나 달려 있는 나무를 찾으라고 가르쳐주었다. 그리고 이 가지를 꺾어 페르세포네에게 선물로 갖다주어야 한다고 말했다. 그러나 이 가지는 운이 좋으면 꺾는 자의 손에 복종하여 쉽사리 나무에서 떨어질 테지만, 운이 나쁘면 어떠한 힘으로도 그것을 뜯을 수 없을 것이라고도 덧붙였다.

"이것을 꺾을 수만 있다면, 다음은 만사가 잘 되어갈 것이오."

아이네이아스는 시빌레의 지시대로 했다. 그러자 그의 어머니 아프로디테는 자기의 비둘기 두 마리를 그의 앞에서 날게 하여 그곳을 가르쳐주었다. 이 비둘기의 도움으로 쉽게 나무를 발견하고 가지를 꺾어 시빌레가 있는 곳으로 돌아왔다.

34

지옥

베르길리우스 상

이제 죽은 자들이 사는 세계의 이야기를 하기로 하겠다. 이 이야기는 고대의 가장 훌륭한 시인 중의 한 사람인 베르길리우스가 가장 권위 있는 철학자들의 이론을 토대로 서술한 것이다.

베르길리우스가 죽은 자들이 거주하는 지옥의 입구라고 생각했던 곳은 지상에 있는 인간들에게는 무섭고 초자연적인 것에 대한 생각을 환기시키는 데 가장 적당한 곳일 것이다.

그곳은 베수비오 산 부근의 화산지대로 그 지대에는 깊이 갈라져 터진 곳이 있어 그곳으로부터 유황 불꽃이 튀어 올라오고, 지면은 속에 갇혀 있는 증기 때문에 뒤흔들리며, 땅속으로부터는 신비한 소리가 들려온다. 아베르누스 호수는 사화산의 분화구에 물이 차 있었던 것으로 생각된다. 폭이 반 마일쯤 되는 원형의 이 호수는 대단히 깊고 높은 둑으로 둘러싸여 있었는데, 이 둑은 베르길리우스 시대에는 울창한 숲으로 덮여 있었다.

유독한 증기가 수면으로 올라와 둑 위에는 풀 한 포기 찾아볼 수 없었고 새 한 마리 날지 않았다. 베르길리우스에 의하면 바로 이곳에 지옥으로 통하는 동굴이 있는데 이곳에서 아이네이아스는 페르세포네, 헤카테, 푸리아이 등 많은 지옥의 여신들에게 제물을 바쳤다. 포효하는 소리가 들려오고 언덕 위의 숲이 흔들리고, 개 짖는 소리가 여신들이 가까이 다가온 것을 알렸다. 시빌레는 말하였다.

"자, 이제 용기를 내십시오. 이제부터는 용기가 필요하니까요."

그리고 그녀는 동굴 속으로 내려갔다. 아이네이아스도 그 뒤를 따랐다. 그들은 지옥의 문에 들어가기 전에 한 무리의 사람들 사이를 통과했는데, 이들은 '비탄'과 복수의 '걱정', 창백한 '병'과 우울한 '노년', 범죄의 동기가 되는 '공포', '기아', '노역', '빈궁', '죽음' 등으로서 보기에도 무서운 형상들이었다. 푸리아이(복수의 여신들)와 '불화'의 여신들이 그곳에 침상을 펴고 있었는데, 불화의 여신의 머리카락은 피 묻은 노끈으로 묶어진 여러 마리의 독사로 되어 있었다. 또 그곳에는 100개의 팔을 가지고 있는 브리아레오스, '슈욱' 하는 소리를 내는 히드라, 불을 토하는 키마이라와 같은 괴물들이 있었다. 이 광경을 보고 아이네이아스는 몸서리를 치며 칼을 빼어들어 내리치려고 하였다. 그러자 시빌레가 그를 제지했다.

그들은 다시 코퀴토스(비탄의 강)라는 검은 강에 이르렀는데 그곳에는 늙고 초췌하기는 하나 굳세고 정력이 왕성한 뱃사공 카론이 있어, 다양한 선객을 배에 태우고 있었다. 그중에는 고매한 영웅들과 소년 또는 미혼의 처녀도 있었는데, 그 수는 가을바람에 떨어지는 낙엽이나 겨울이 가까이 온 것을 알고 남쪽으로 날아가는 새떼와도 같이 헤아릴 수 없이 많았다. 그들은 다투어 배를 타고 강을 건너가려고 했다. 그러나 엄격한 뱃사공은 자기가 선택한 자만을 받아들이고 나머지는 쫓아버렸다. 아이네이아스는 이 광경을 보고 이상히 여겨 시빌레에게 물었다.

"왜 이런 차별을 하는 거요?"

그녀는 대답했다.

"배를 탈 수 있는 것은 정당한 장례를 받은 자의 영혼이고, 그렇지 못한 자는 이 강을 건널 수 없습니다. 장례를 못 받은 자는 100년 동안 강가에서 이리저리 뛰어다니며 방황해야만 합니다. 그 기간이 지나야만 그들도 건너갈 수 있기 때문입니다."

아이네이아스는 폭풍우를 만나 죽은 자기 동료들을 생각하고 슬퍼했다. 그 순간 그는 배 밖으로 떨어져 물에 빠져 죽은 키잡이 팔리누루스를 보았다. 아이네이아스는 그에게 말을 걸고, 왜 그런 재난을 당했느냐고 물었다. 팔리누루스는 키가 떠내려갔으므로 그것을 붙잡고 있다가 물결에 휩쓸렸다고 대답했다. 그는 자기를 강 건너로 데려다 달라고 아이네이아스에게 간청했다. 그러나 시빌레는 그런 행동은 하데스의 법칙에 위반되는 일이라고 그를 꾸짖었다.

그녀는 팔리누루스의 시체가 표류하여 도착할 해안에 사는 사람들에게 갖가지 이상한 일이 일어나게 되고, 이를 두려워하는 그들에 의해 시체는 정중히 매장될 것이라 알려주었다. 또한 그 곳은 팔리누루스 곶이라 불려질—지금도 그렇게 불리고 있다— 것을 덧붙여 알려주며 위로하였다. 이러한 말로 팔리누루스를 위로한 후에 그들은 그와 작별하고 배에 접근했다.

카론은 앞으로 가까이 다가오는 아이네이아스를 날카로운 눈초리로 응시하며, 무슨 권리로 살아서 무장한 몸으로 이 강가에 가까이 다가오느냐고 물었다. 이에 대하여 시빌레는 자기들은 결코 난폭한 짓을 하려는 것이 아니며, 아이네이아스의 유일한 목적은 그의 아버지를 만나 보는 것이라고 답변하고, 끝으로 황금 가지를 내보였다.

이를 보자 카론은 곧 노여움을 풀고 급히 서둘러서 배를 강가로 돌려 그들을 태웠다. 이 배는 원래 육체를 떠난 가벼운 영혼만을 태우도록 만들어져—짐승의 가죽을 이어 만들었다고 한다— 있었으므로 아이네이아스가 타자 무거워서 신음소리를 냈다.

그들은 곧 맞은편으로 건너갔다. 그곳에서 머리가 세 개이고, 목에는 뱀이 억센 털처럼 나 있는 케르베로스라는 개를 만났다. 케르베로스는 세 개의 목구멍을 다 열고 짖었다. 시빌레가 약이 섞인 과자를 던져주자 그것을 탐욕스럽게 먹고는 약기운에 취해 곧 굴 안으로 들어가 몸을 누이고 그대로 잠이 들었다.

아이네이아스와 시빌레는 육지로 뛰어올랐다. 그러자 그들의 귀에 들려온 소리는 이제 갓 인생의 시작 단계에서 죽은 갓난아이들의 통곡소리였고, 또 그들 옆에는 무고한 죄를 입고 죽은 사람들이 있었다. 미노스(크레타 왕으로서 제우스와 에우로페 사이에서 태어났다. 법률의 제정자로 유명하다)가 재판관으로서 그들을 지배하고, 각자의 행적을 조사하고 있었다.

그 옆에 자리를 잡고 있는 무리는 인생을 증오하여 죽음을 피난처로 구하기 위해 자살한 사람들이었다. 그러나 만일 그들이 다시 살아날 수만 있다면 빈궁이나 노고, 그 밖의 어떠한 고생도 얼마나 달게 받을 것인가!

다음에 나타난 것은 비탄의 들판이었다. 이곳은 몇 갈래의 한적한 길로 나뉘어져 있고, 그 길은 도금양 나무 숲 속으로 통해 있었다. 여기에는 짝사랑의 희생양이 되어, 죽어서도 고통을 면치 못하는 사람들이 배회하고 있었다.

이들 가운데서 아이네이아스는 아직도 상처가 아물지 않은 디도의 모습을 언뜻 본 듯하였다. 어둠침침하였기 때문에 처음에는 확실하지 않았으나 가까이 가자 바로 디도라는 것을 확인했다. 아이네이아스의 눈에서 눈물이 흘러내렸다. 그녀에게 애정이 넘치는 어조로 말을 걸었다.

"불쌍한 디도여. 그럼 그대가 죽었다는 소문은 사실이었는가? 아! 내가 그 원인이란 말인가? 신들을 증인으로 내세울 수도 있는 일이지만, 내가 그대를 떠난 것은 내 본의가 아니었고, 제우스의 명령에 복종하지 않을 수 없었기 때문이오. 또 나의 출발이 당신에게 그와 같이 엄청난 희생을 끼칠 줄은 생각지 못했소. 제발 발을 멈추어주시오. 그리고 나의 마지막 작별의 말을 거부하지 말아주오."

디도는 잠시 동안 서 있었으나 얼굴을 돌리고 눈은 아래로 떨어뜨리고 있었다. 목석과 같이 그의 변명이 들리지 않는 듯 말없이 걸어갔다. 아이네이아스는 얼마 동안 뒤를 따르다가 무거운 마음으로 시빌레와 같이 다시 길을 걸었다.

다음으로 전사한 영웅들이 배회하고 있는 들판으로 들어갔다. 그곳에는 그리스와 트로이 무사들의 망령이 많이 있었다. 트로이의 망령들은 아이네이아스 주위에 모여들었는데, 그를 보고 있는 것만으로는 만족치 않았다. 망령들은 아이네이아스가 이곳에 온 이유를 물었고, 그 밖에도 많은 질문을 퍼부었다. 그러나 그리스의 망령들은 어두운 곳에서 번쩍이는 갑옷을 보고 그가 아이네이아스라는 것을 알자, 공포에 떨며 발꿈치를 돌려 도망쳤다. 그것은 트로이 전장에서 흔히 그들이 보였던 모습과 흡사했다. 아이네이아스는 트로이 친구들과 좀 더 시간을 보내고 싶었으나, 시빌레는 길을 떠나기를 재촉했다.

그리고 다음에 그들이 간 곳은, 길이 두 갈래로 갈라진 곳이었다. 하나는 엘리시온(극락)으로 통하고, 다른 하나는 지옥으로 통하는 길이었다. 아이네이아스는 한편에 굉장한 도시의 성벽이 있는 것을 보았는데, 그 주위에는 플리게톤(불의 강)이 화염 물결을 치고 있었다. 앞에는 그 어떠한 인간도, 심지어는 신까지도 열 수 없는 금강석으로 만든 문이 있었다. 문 옆에는 쇠탑이 서 있었고, 그 위에서는 복수의 여신 티시포네가 망을 보고 있었다. 성안에서는 신음 소리와 채찍 소리 그리고 쇠가 삐걱거리는 소리와 쇠사슬이 쩔꺽쩔꺽 울리는 소리가 들려왔다. 아이네이아스는 공포에 떨며 지금 들리는 소리는 어떤 범죄를 벌하는 형벌이냐고 물었다. 시빌레는 대답했다.

"이곳은 라다만티스우스와 에우로페의 아들의 법정인데, 생전에 범한 죄를 밝히는 곳이오. 범죄자는 그것을 아무도 모르게 감추었다고 생각하나 쓸데없는 생각이오. 티시포네는 쇠사슬 채찍으로 죄인을 때린 후에 그를 다른 복수의 여신에게 인도하는 것이오."

마침 이때 무시무시한 소리를 내며 청동 문이 열렸다. 아이네이아스는 문 안에서 히드라가 50개의 머리로 입구를 지키고 있는 것을 보았다.

시빌레는 아이네이아스에게 지옥의 심연은 마치 그들의 머리 위에 있는 하늘이 무한히 높듯이 그 밑바닥이 무한히 깊다고 설명해주었다. 이 심연의 바닥에는 옛날에 신들에게 반항했던 거인족(티탄족)이 꿇어 엎드려 있었다. 살모네우스도 그곳에 있었다. 그는 오만하게도 제우스와 우열을 다투고자 하여 청동으로 된 다리를 만들어 그 위를 전차로 달리며 그 소리가 우렛소리를 닮게 하고 번갯불을 모방하여 불타는 나뭇가지를 백성들에게 던졌다. 이런 짓을 했기 때문에 제우스는 마침내 진짜 벼락을 그에게 던지고 인간의 무기와 신의 무기와의 차이를 가르쳐주었다.

거인 티티오스도 그곳에 있었다. 그의 몸은 드러누우면 9에이커의 땅을 차지할 만큼 거대했는데, 독수리가 항상 그의 간장을 파먹고 있었다. 그의 간장은 파먹자마자 새로운 간장이 솟아나므로, 간장이 먹히는 고통을 맛보아야 하는 그의 형벌은 그칠 날이 없었다.

아이네이아스는 많은 사람이 맛있는 음식이 놓여 있는 식탁을 향하여 앉아 있는 것을 보았다. 곁에는 한 복수의 여신이 서 있어 그들이 그 음

Bruegel_지하세계의 아이네이아스와 시빌레

식을 먹으려고 하면 입안에 담긴 것을 빼앗고 있었다.

또 어떤 자들의 머리 위에는 곧 떨어질 것 같은 큰 바윗돌이 걸려 있어 그들을 부단히 공포 속으로 밀어넣었다. 이들은 생전에 형제를 미워한 자, 부모를 때린 자, 그들을 신뢰한 친구를 속인 자, 혹은 부유하게 된 후에 재물을 다른 사람에게 한 푼도 나누어 주지 않은 자 등이었는데, 마지막 부류에 속하는 자가 가장 많았다.

또 이곳에는 결혼의 약속을 배반한 자, 불의의 전쟁을 한 자, 주인에게 불충실한 자들도 있었다. 이곳에는 또 돈 때문에 조국을 판 자, 법률을 악용하여 자기에게 유리하게 해석하기를 일삼았던 자들이 있었다. 익시온도 그곳에 있었는데, 그는 끊임없이 회전하는 차바퀴에 결박되어 있었다. 시시포스도 있었다. 그가 해야 할 일은 큰 돌을 산꼭대기까지 굴려올리는 것이었는데 산등성이를 거의 다 올라갔는가 하면 바위는 어떤 힘에 이끌려 다시 거꾸로 들판을 향해 굴러내려가는 것이었다. 그는 다시 돌을 위로 올리려고 애를 쓰지만 땀만 그의 전신을 적실 뿐 아무리 해도 헛수고였다.

탄탈로스는 못 속에 서 있었다. 그의 턱은 수면과 같은 높이에 있었지만 그래도 그는 목이 말라 갈증을 면할 도리가 없었다. 물을 들이마시기 위해 백발의 머리를 숙이면, 물이 달아나서 그가 서 있는 곳은 물 한 방울 없이 말라버리기 때문이었다. 또 배, 석류, 사과, 맛 좋은 무화과 등 과실이 주렁주렁 달린 수목이 그의 머리 위에 가지를 늘어뜨리고 있었지만, 손을 내밀어 잡으려고 하면 바람은 나뭇가지를 손이 닿지 않게 높은 곳으로 밀어 올렸다.

시빌레는 아이네이아스에게 이제는 이 음울한 곳에서 벗어나 행복한 사람들이 살고 있는 나라로 찾아갈 때라고 알려주었다. 그들은 암흑의 중간 지대를 통과하여, 엘리시온의 들로 나왔다. 그곳이 바로 행복한 사람들이 사는 곳이었다. 그들은 안도의 숨을 쉬며 모든 것이 자줏빛 광선에 싸여 있는 것을 보았다. 그 지역은 고유의 태양과 별들을 가지고 있었다. 주민들은 여러 방법으로 즐기고 있었는데, 어떤 사람들은 푸른 잔디 위에서 스포츠를 하거나 역기나 기타 여러 가지 운동을 하고 있었고, 또 다른 사람들은 춤을 추거나 노래를 부르고 있었다. 오르페우스는 리라를 연주하며 매혹적인 소리를 내고 있었다.

이곳에서 아이네이아스는 생존했던 시절에 트로이를 건설했던 고매한 영웅들을 보았다. 또한 지금은 사용되지 않고 그곳에 조용히 안치되어 있는 그 당시의 이륜차나 번쩍이는 무기들을 경탄하면서 바라보았다. 창은 땅에 꽂혀 있었고, 말들은 마구를 벗고서 들판을 노닐고 있었다. 옛 영웅들이 생전에 자기들의 훌륭한 갑옷과 군마에 대해 느꼈던 자부심은 이곳에서도 다름이 없었다.

또 다른 무리의 사람들이 연회를 하며 음악에 귀를 기울이고 있는 장면을 보았다. 그들은 월계수 숲 속에 있었다. 이곳은 저 위대한 포 강의 원천으로서 도시로 흘러나가는 곳이었다. 이 숲 속에는 조국을 위하여 싸우다가 부상을 당하고 쓰러진 사제들, 아폴론에게 적합한 예언을 노래한 시인들, 혹은 유익한 발명으로 인생을 격려하고 장식하는 데 공헌한 사람들, 그리고 인류에게 봉사한 공로로 은인으로서 기념되는 사람들이 살고 있었다. 이 사람들은 눈과 같이 흰 리본을 이마에 달고 있었다.

시빌레는 이들에게 어디로 가야 앙키세스를 만날 수 있느냐고 물었다. 그들이 일러준 대로 가니 푸른 잎이 무성한 골짜기에서 앙키세스를 곧 찾을 수 있었다. 그는 그곳에서 자손들의 일과, 그들의 운명과 그들이 장차 달성할 훌륭한 위업에 대해서 생각하고 있었다. 그리고 아이네이아스가 가까이 오는 것을 보자 두 손을 내밀고는 하염없이 눈물을 흘리며 말했다.

"마침내 네가 왔구나. 오랫동안 너 오기를 기다렸다. 그 수많은 위험을 무릅쓰고 잘도 찾아와주었구나. 오, 내 아들아. 이제껏 너의 여로를 바라보며 얼마나 걱정했던가."

이에 대해서 아이네이아스는 대답했다.

"오, 아버지! 아버지는 언제나 눈앞에서 저를 지도하고 수호해주셨습니다."

그리고 그의 아버지를 자기의 팔로 힘껏 포옹하려고 했다. 그러나 그의 팔은 실체가 없는 환영을 포옹한 것에 불과했다.

아이네이아스의 눈앞에는 넓은 골짜기가 가로놓여 있었는데, 그곳에는 바람에 나무가 조용히 나부끼고 그 사이를 레테 강이 흐르는 고요한 풍경이 펼쳐져 있었다. 강가에는 여름날 공중에서 볼 수 있는 하루살이 같이 무수한 군중이 방황하고 있었다. 아이네이아스는 놀라서 그들이 누구냐고 물었다. 그러자 앙키세스가 대답했다.

"그들은 적당한 시기에 육체가 부여될 영혼들이다. 그동안 그들은 레테 강가에 머물면서 그 물을 마시고 전쟁의 기억을 없애버리려 하고 있단다."

아이네이아스는 말했다.

"오, 아버지! 이런 조용한 곳을 떠나 지상으로 가고 싶어 할 만큼 육체적 생명을 사랑하는 사람이 누가 있겠습니까?"

앙키세스는 천지창조의 계획이 어떻게 실행되었는지를 설명하는 것으로써 대답을 대신했다. 그는 다음과 같이 설명했다.

조물주는 영혼을 구성하는 재료를 불, 공기, 흙, 물의 네 원소로 만들었는데, 이 네 원소가 결합될 때에는 그중에서 가장 탁월한 요소, 즉 불의 형태를 취하여 화염을 종자와 같이 태양, 달, 별 등 천체 사이에 뿌렸다. 이 종자로부터 하위의 신들은 인간이나 다른 모든 동물을 창조했는데, 그때 여러 가지 비례로 흙이 혼합되었으므로 그 종자의 순수성은 감소되었다. 그래서 흙의 요소가 구성물 속에 많으면 많을수록 그 구성된 개체의 순수성은 적어진다. 우리도 알 수 있듯이 육체가 성숙한 남녀는 유년시대의 순수성을 가지고 있지 않다. 따라서 육체와 영혼이 결합하고 있는 시간이 오래 지남에 따라 그 불순함은 영혼으로 옮겨간다. 이 불순함은 사후에 없애야 하는데, 그것은 영혼에 바람을 쐬어 깨끗하게 하든지 아니면 물속에 잠기게 하든지 혹은 불로 여러 불순함을 태워 없애야만 가능하다.

극소수의 사람들은—앙키세스는 자기도 그 가운데 한 사람임을 암시했다— 단번에 엘리시온에 들어가 그곳에서 사는 것이 허용된다. 그러나 그렇지 않은 사람들은 흙의 요소에서 유래하는 여러 가지 불순한 점이 불식되고 레테 강의 물로 전생의 기억이 완전히 세척된 후에야 비로소 새로운 육체를 부여받아 이 세상에 다시 올 수 있게 된다.

그러나 그중에는 완전히 부패하여 인간의 신체를 받기에 적당치 않은 자도 있다. 이런 자는 사자, 범, 고양이, 개, 원숭이 등과 같은 짐승으로 만들어진다. 이것을 메템프시코시스, 즉 영혼의 윤회라 부른다.

앙키세스는 이렇게 설명한 후에 더 나아가서 아이네이아스에게 미래에 탄생할 민족의 영웅들과 그들이 지상에서 달성할 위업에 대해서 이야기해주었다. 그 후 그는 다시 화제를 현재로 돌려, 아들에게 이탈리아에 완전히 정착하기 전까지 그가 해야 할 일을 말해주었다. 즉 갖가지 크고 작은 전쟁을 치러야 한다는 것, 신부를 맞이하게 되는 일, 그리고 그 결과로 트로이라는 나라가 건설되고, 그로부터 장차 세계의 패자가 될 로마라는 나라가 건설되리라는 점 등을 이야기했다.

아이네이아스와 시빌레는 앙키세스와 작별하고 시인이 상세히 설명하지 않은 어떤 지름길을 택하여 지상으로 귀환했다.

영혼들의 낙원 엘리시온

　베르길리우스의 시에는 우리가 보아온 바와 같이 엘리시온을 축복된 사람들의 영혼이 거주하는 곳으로 말해주고 있다. 그러나 호메로스의 서사시에서는 엘리시온이 죽은 자의 나라의 일부분을 형성하지는 않는다. 그는 엘리시온을 지구의 서쪽 끝인 오케아노스 가까이에 위치한 행복한 나라로 그리고 있다. 그곳은 눈도 추위도 없이 항상 제피로스(서풍)의 미풍이 산들거리고 있다. 이곳에는 신의 은총을 입은 영웅들이 죽음을 맛보는 일 없이 보내져서 라다만티스의 지배 아래 행복하게 살고 있다.

　헤시오도스나 핀다로스가 묘사한 엘리시온은 서쪽 끝의 오케아노스 가운데에 있는 축복된 '사람들의 섬' 혹은 '행운의 섬' 안에 위치하고 있다. 아틀란티스라는 행복한 섬의 전설은 이로부터 유래한 것이다. 이 행복한 나라는 완전히 꾸며진 이야기였을 것이나, 그런 전설이 생겨난 것은 아마 폭풍우를 만나 어떤 선원이 표류하던 중에 아메리카 해안을 언뜻 보고 유포시킨 데서 기원한 것 같다.

핀다로스 상

예언자 시빌레

아이네이아스는 시빌레와 더불어 지상으로 돌아오면서 질문을 했다.

"당신이 여신이건 혹은 신들의 은총을 받은 인간이건 간에, 나는 당신을 언제나 존중하렵니다. 지상에 도착하면 당신을 위하여 신전을 세우게 하겠습니다. 그리고 내가 먼저 제물을 바치렵니다."

이에 대해 시빌레는 말했다.

"나는 여신이 아니에요. 그러므로 희생물이나 제물을 요구하지 않아요. 나는 인간이에요. 그러나 만일 내가 아폴론의 사랑을 받아들였더라면, 죽지 않는 여신이 되어 있었겠지요. 그는 내가 그의 것이 되기를 허락하기만 하면 나의 소원을 들어준다고 약속했지요. 그래서 나는 한 줌의 모래를 쥐고 앞으로 내밀며 말했습니다.

'저의 손에 있는 모래알의 수만큼 수명을 내려주십시오.'

그러나 나는 불행하게도 영원한 젊음 또한 청하는 것을 잊었습니다. 이 소원도, 그는 내가 그의 사랑을 받아들일 수 있었다면 허락했을 것입니다. 그러나 나의 거절에 마음이 상한 그는 나를 늙도록 내버려두었습니다.

나의 젊음과 젊음의 힘은 사라진 지 오래입니다. 나는 지금까지 700

년을 살아왔지만 모래알의 수와 같아지려면 아직도 300번의 봄과 300번의 가을을 맞이해야 하지요. 나의 몸은 해마다 위축되고 있어요. 머지않아 나의 몸이 보이지 않게 될 때가 올 것입니다. 그러나 나의 음성은 영원히 남을 것입니다. 그리고 후세의 사람들도 분명히 나의 말을 존경하여 들어줄 거예요."

시빌레가 말한 내용 가운데 끝부분은 그녀의 예지력을 암시한 것이었다. 그녀는 동굴 속에서 모아온 나뭇잎 위에 사람의 이름과 운명을 적는 습관이 있었다. 글씨를 쓴 나뭇잎은 동굴 안에 질서 있게 배열되어 신자의 상의에 응하였다. 만일 문을 열 때 바람이 들어와서 나뭇잎을 흐트러뜨리면 그녀는 다시 그것을 원상태로 해놓으려 힘쓰지 않았다. 그렇게 되면 신탁은 다시 회복할 수 없게 없어지는 것이었다.

시빌레에 관한 다음과 같은 전설은 후세에 형성된 것이다.

고대 로마의 타르키니우스 왕정 때, 왕 앞에 한 부인이 나타났다. 그 부인은 책을 아홉 권 내놓고 사라졌으나 왕은 받아들이기를 거절했다. 그러자 이 부인은 물러가서 세 권을 불태워버리고 다시 돌아와서 나머지 책을 내놓고 아홉 권의 가격과 같은 가격으로 사라고 요구했다. 왕은 이를 받아들이기를 또다시 거절했다. 그러자 그 부인이 또다시 세 권의 책을 불사른 후에, 돌아와서 나머지 세 권을 내놓고 아홉 권의 가격과 같은 가격으로 사라고 청하자 왕은 호기심이 생겨 마침내 그 책을 샀다. 읽어보니 거기에는 로마의 운명이 여러 가지로 기록되어 있었다. 그래서 책은 카피톨리움의 제우스 신전에 있는 돌상자에 넣어 보관되고, 그 임무를 맡은 특정한 관리에게만 열람이 허용되었다. 그리고 그들은 중대사가 일어났을 경우에 그 책 속에 적혀 있는 신탁을 해석하여 국민에게 전하였다.

보통 시빌레라고 말하지만 시빌레에도 여러 가지가 있었다. 그러나

Michelangelo_시빌레

그중에서도 오비디우스나 베르길리우스가 그린 키메의 시빌레가 가장 유명했다. 오비디우스에 의하면 그녀의 생명은 1,000년 동안이나 계속되었다고 하는데, 이것은 아마 여러 종류의 시빌레도 실은 동일한 인물이므로, 같은 인물이 되풀이해서 나타나는 것에 불과하다는 것을 밝히려 했던 것 같다.

이탈리아에서의 아이네이아스

아이네이아스는 시빌레와 작별하고 함대로 돌아가 이탈리아 해안을 따라 항해하다가 티베르 강 하구에 닻을 내렸다. 시인 베르길리우스는 그의 주인공(아이네이아스)을 방랑의 목적지인 이곳에 도착하게 한 후에 시의 여신 뮤즈를 불러 크나큰 고비를 맞은 이 나라의 사정을 그에게 말해 달라고 빈다.

당시 그 나라를 통치하고 있던 자는 사투르누스로부터 3대째인 라티누스였다. 당시 늙은 그에게는 뒤를 이을 아들이 하나도 없었고 다만 라비니아라는 아름다운 딸이 하나 있었다. 그녀는 인근의 여러 왕이나 고관들로부터 구혼을 받았는데, 그중에 투르누스라는 루툴리인의 왕이 라비니아 부모의 마음에 가장 맞아들었다.

그러나 라티누스는 꿈속에서 라비니아의 남편 될 사람은 먼 이국에서 올 것이라고 그의 아버지인 파우누스로부터 예지를 받았다. 그리고 두 사람의 결합에 의해 전 세계를 정복할 운명을 갖게 될 민족이 나오리라는 것이었다.

독자 여러분도 기억하고 있으리라 생각하는데, 아이네이아스 일행이

Eustache Le Sueur_뮤즈들-멜포메네, 에라토, 폴림니아

하르피이아이의 무리들과 전투를 했을 때, 이 반인반조의 괴물 가운데 하나가 트로이인에게 무서운 고통이 닥쳐올 것을 예언하고 위협했다. 특히 하르피이아이는 그들의 방랑생활이 끝나기 전에 식탁마저도 먹어버릴 지경의 기아의 괴로움을 받으리라고 예언했다.

이제 예언이 실현되었다. 일행이 풀 위에 앉아서 얼마 남지 않은 식사를 하려고 무릎 위에 굳은 빵을 올려놓고, 그 위에 숲에서 겨우 얻을 수 있었던 나무열매 따위를 올려놓아 빵을 식탁으로 삼았다. 그리고 그들은 단숨에 그 열매를 다 먹어버리고 이번에는 굳은 빵마저도 다 먹고 나서야 겨우 식사를 끝냈다.

그것을 보자 아이네이아스의 아들 율루스가 농담을 했다.

"야, 우리는 식탁까지 먹고 있네."

아이네이아스는 이 말을 듣고 예언의 의미를 깨달았다. 그리고 외쳤다.

"만세! 이곳이 바로 약속의 땅이다!"

"이곳이 우리 본거지, 우리나라다!"

그리고 그는 여러 가지로 손을 써서 그곳의 원주민이 누구며 지배자가 누구인가를 조사했다. 선발된 100명의 사람들이 라티누스의 마을로 많은 선물을 가지고 파견되어 우의와 협력을 청했다. 그곳으로 간 그들은 환대를 받았다. 라티누스는 바로 트로이의 영웅 아이네이아스가 신탁에 의해 자기 사위로 약속된 바로 그 사람이라는 결론을 내렸다. 그는 흔쾌히 협력을 약속하고 사자들을 자기의 마구간에 있는 말에 태워 선물과 호의에 넘치는 소식을 전달하라고 돌려보냈다.

헤라는 만사가 트로이인에게 순조롭게 잘 되어가는 것을 보고서 그녀의 원한이 되살아나는 것을 느꼈다. 그래서 에레보스(이승과 지옥 사이의 암흑세계)로부터 알렉토(복수의 여신의 하나)를 불러내어 불화를 야기시키기 위해 보내었다. 알렉토는 우선 왕후 아마타를 손에 넣고 갖은 방법을 다 동원하여 트로이인과의 동맹을 반대하게 했다. 다음 알렉토는 투르누스의 나라로 급행하여 늙은 여승의 모습으로 분장하고 투르누스에게 외지인들의 도착과 그들의 왕이 그의 신부를 탈취하려고 한다는 소식을 전하였다.

일을 꾸미던 그녀가 트로이 진영으로 주위를 돌렸다. 그때 마침 소년 율루스와 그의 친구들이 수렵을 하며 놀고 있는 것이 눈에 띄었다. 그래서 알렉토는 개들의 후각을 더욱 예리하게 하여 가까운 숲 속으로부터

Claude Lorrain_실비아의 사슴에 활을 쏘는 율루스(아스카니우스)

한 마리의 수사슴을 몰아내도록 하였다. 그런데 이 사슴은 라티누스 왕의 목자인 티루스의 딸 실비아가 총애하는 사슴이었다.

이 사실을 모르는 율루스는 사슴을 향해 창을 던졌고, 결국 사슴은 상처를 입었다. 사슴은 겨우 집에 돌아갈 기력만이 남아 있었을 뿐, 집에 당도하자 실비아의 발밑에서 죽고 말았다. 그녀의 울부짖음과 눈물은 그녀의 오빠들과 목자들을 격분시켰다. 그들은 닥치는 대로 무기를 잡고서 율루스 일행을 맹렬히 공격했으나 달려온 친구들이 이들을 막아주었다. 마침내 그들은 일당 중 두 사람을 잃고는 쫓기어 되돌아갔다.

이러한 사건은 전쟁의 폭풍우를 불러일으키기에 충분했다. 왕후와 투르누스와 농민들은 나이 많은 왕에게 외지인들을 나라 밖으로 추방할 것을 강력하게 항의하였다. 왕은 자신의 힘이 닿는 한 반대했으나, 자기의 반대가 이로울 것이 없는 줄을 깨닫고 결국 양보하고 은퇴소로 물러갔다.

야누스의 문

이 나라의 관습으로는 전쟁을 시작할 때가 되면, 왕이 예복을 입고 엄숙한 의식을 거행하고, 평화 시에는 닫혀 있던 야누스 신전의 문을 열게 되어 있었다. 국민들은 이제 늙은 왕에게 이 엄숙한 일을 수행하기를 강요하다시피 권했으나 왕은 거절했다. 이렇게 그들이 말다툼을 하고 있는 가운데 헤라가 하늘로부터 내려와 그 누구도 저항할 수 없는 힘으로 문을 부수고는 열어버렸다. 국민들은 사방으로부터 뛰쳐나와 '전쟁이다, 전쟁!'이라고 외쳐 댔다.

투르누스가 총지휘자로서 추대되었다. 다른 무사들은 동맹자로서 참가했는데 수장은 메젠티우스였다. 그는 용감하고 유능한 무사였으나 실로 증오할 만한 잔인한 성격의 소유자였다. 그 때문에 그는 인접한 도시의 수장이었으나 국민들에 의해 추방당했던 과거를 가지고 있었다. 이런 메젠티우스와 함께 그의 아들 라우수스도 참가했는데, 그는 아버지보다 훨씬 더 훌륭한 수장이 될 만한 고결한 성품을 지닌 청년이었다.

야누스의 문

39

용감한 처녀 무사 카밀라

카밀라는 아르테미스의 총애를 받은 처녀로서 수렵의 명인인 동시에 훌륭한 무사이기도 했다. 그녀는 아마존족의 관례에 따라 기마대를 대동하고 와서 투르누스군에 가담했는데 그 기마대 가운데에는 여군도 포함되어 있었다.

카밀라는 물레나 베틀에 손을 대본 적이 한 번도 없었고 오직 전투연습과 바람보다도 빨리 달리는 연습만을 했다. 들판에 서 있는 보리밭 위를 달리면 곡식을 짓밟지 않을 수 있을 만큼 재빨리 달리는 것 같았으며, 물위를 달리면 발을 적시지 않고 달릴 수 있으리라고 생각될 정도였다.

카밀라의 생애는 처음부터

아마존의 기병

기구했다. 그녀의 부친 메타보스는 내란에 의하여 자신이 다스리던 도시에서 추방되었는데 그때 어린 딸을 데리고 도망쳤다. 그는 적의 맹렬한 추격을 받아 숲 가운데로 도망치다가 아마세누스 강가에 도착했지만 홍수로 인해 도저히 건널 수가 없어 보였다. 메타보스는 잠시 발을 멈추고 주저하다가 강을 건너기로 결심했다. 그는 어린 딸을 나무껍질로 만든 보자기로 싸서 자기 창에 붙잡아매고, 그 창을 한 손으로 높이 들어 올리며, 여신 아르테미스에게 다음과 같이 기원했다.

"숲의 여신이여! 이 소녀를 당신에게 바칩니다."

그렇게 말하고 나서 그는 무거운 짐을 붙잡아맨 창을 건너편 강가로 힘껏 던졌다. 창은 세찬 소리를 내며 흐르던 강물을 건너 날아갔다. 추격자들은 이미 그의 뒤를 바싹 쫓았다. 물속으로 뛰어들어 헤엄쳐 건너간 그는 강가에 딸을 붙잡아맨 창이 무사히 날아와 박혀 있음을 발견했다.

그때부터 그는 양치기들과 더불어 살게 되었고 딸에게는 숲 속에서의 생활에 필요한 기술을 가르쳤다. 그래서 그녀는 어릴 때부터 활쏘기와 창던지기를 익혔다. 투석기를 가지고 두루미나 야생 백조를 맞춰서 떨어뜨릴 수 있을 정도였다. 그녀의 옷은 호랑이 가죽이었다. 아들을 가진 많은 어머니들이 그녀를 며느리로 삼기를 원했으나 그녀는 오로지 아르테미스에게만 충실했다.

이같이 무서운 동맹자들이 아이네이아스와 싸움을 벌이려 하고 있었다. 마침 밤이었다. 아이네이아스는 노천 강둑에서 자고 있었다. 그때 강의 신 티베리누스가 버드나무 그늘에서 얼굴을 내밀고 다음과 같이 말하는 것 같았다.

"여신의 아들이며, 라틴 나라의 소유자가 될 운명을 가진 자여! 이곳이 약속의 땅, 그대의 본거지가 될 곳이다. 그대가 충분히 인내만 한다면 이곳 하늘에 있는 신들의 적의도 분명 사라질 것이다.

이곳에서 그리 멀지 않은 곳에 그대의 편이 되어줄 사람들이 있다. 배를 준비하여 이 강을 저어 올라가라. 내가 아르카디아인의 수장 에반드로스가 있는 곳으로 안내해주리라. 그는 오랫동안 투르누스 및 루툴리인들과 서로 반목하는 사이에 있어 기꺼이 너의 동맹자가 되어 줄 것이다.

자, 일어나라! 그리고 헤라에게 맹세를 하고, 그녀의 분노를 일으키는 일이 없게 해달라고 기원하라. 그리고 그대가 승리를 거두었을 때에는 나를 기억해달라."

아이네이아스는 잠에서 깨어 친절하게 앞날을 얘기해 준 꿈의 지시를 곧장 따랐다. 헤라에게 희생물을 바치고 강의 신과 그의 부하인 우물에게 도움을 베풀어주도록 호소했다.

무장한 무사들을 가득 실은 배가 티베르 강을 거슬러 올라갔다. 강의 신은 물결을 가라앉히고, 조용히 흐르도록 명령했다. 노 젓는 사람들이 힘차게 노를 저었으므로 배는 급속도로 강을 거슬러 올라갔다. 정오경에 그들은 세운 지 얼마 되지 않은 건물들이 여기저기 보이는 도시에 당도했다. 이 도시에서 후에 그 영광이 하늘에 닿을 만큼의 대로마 시가 자라나게 되는 것이다.

40

에반드로스의 환대

  나이 많은 왕 에반드로스는 그날 우연히 헤라클레스와 모든 신들에게 매년 거행하는 제전을 올리고 있었고 아들 팔라스와 소국가의 수장들이 곁에 서 있었다. 그들은 우뚝 솟은 커다란 배가 숲 속을 헤치고 미끄러지듯이 다가오고 있는 것을 보자 놀라 식탁에서 일어섰다. 그러나 팔라스는 제전을 계속하도록 명령하고 자신은 창을 잡고 창가로 걸어나갔다. 그는 소리 높여 당신들은 누구며 무엇 때문에 찾아온 것이냐고 물었다. 아이네이아스는 올리브 나뭇가지(평화의 증표)를 내밀며 대답했다.

  "우리는 트로이인으로, 당신네들에 대해서는 호의를 가지고 있고 루툴리인에 대해서는 적의를 가지고 있소. 우리는 에반드로스를 찾아온 것이며 우리의 병력과 당신들의 병력을 합치기를 원하고 있소."

  팔라스는 이 위대한 민족의 이름을 듣고 놀라서 오히려 그들에게 상륙해줄 것을 청했다. 그리고 아이네이아스가 강가에 이르자 팔라스는 손을 잡고 안내를 하는 동안에도 우정 어린 손을 놓지 않았다. 숲 속을 지나서 왕과 충신들의 앞에 나오자 그들은 극진한 환대를 받았다. 그들을 위하여 좌석이 마련되고 다시 식사가 계속되었다.

팔라스 상

초창기의 로마

제전이 끝나자 모두 시내로 돌아가고 있었다. 나이 들어 허리가 굽은 왕은 아들과 아이네이아스 사이에서 두 사람의 팔을 번갈아 잡으면서 걸어갔다. 그리고 여러 가지 재미있는 이야기꽃을 피우며 먼 길이지만 멀다고 느끼지 않고 걸었다. 아이네이아스는 즐거운 기분으로 보고 들었다. 주위의 아름다운 경치를 보면서 고대의 유명한 여러 영웅들의 이야기를 많이 들었다. 에반드로스는 이렇게 말했다.

"전에 이 넓은 숲 속에는 파우누스와 님프 그리고 법률이나 사회적 교양도 없는 수목 속에서 탄생한 야만인들이 살고 있었습니다. 그들은 소에게 멍에를 지울 줄도 몰랐고, 농사를 지을 줄도 몰랐으며, 장래를 대비하여 현재의 잉여 물품을 저장할 줄도 몰랐습니다. 그들은 나뭇가지에서 새싹을 뜯어먹거나 사냥한 포획물을 날것으로 먹었습니다.

그들이 이런 상태에 있을 때, 크로노스가 올림포스로부터 그의 아들에게 쫓기어 내려왔습니다. 그는 이 사나운 야만인들을 한데 모아 사회를 형성하고 법률을 만들어주었습니다. 그 후 화평하고 풍족한 사회가 이루어졌으므로, 후세 사람들은 사투르누스의 치세를 황금시대라고 부르게

유피테르 신전

되었습니다. 그러나 점점 이와는 전혀 다른 시대가 계속되고 금과 피에 대한 갈망이 그들을 지배하게 되었으며, 연이어 폭군들이 이 땅을 지배했습니다. 마침내 내가 고국 아르카디아로부터 추방되어 저항할 수 없는 운명의 힘에 이끌려 이곳으로 오게 된 것입니다."

이런 이야기를 한 후 에반드로스는 아이네이아스를 타르페이아의 바위와 그 당시는 덤불이 우거진 황무지였으나 후에 유피테르신전이 장엄한 자태로 높이 서 있게 되는 곳을 보여주고는 허물어져가는 성벽을 가리키며 말했다.

"이쪽에 보이는 것이 야누스가 건립한 야니쿨룸(로마의 일곱 개 언덕 중의 하나)이고, 저쪽에 보이는 것이 사투르누스의 도성인 사투르니아 입니다."

이러한 말을 하는 가운데, 검소한 에반드로스의 저택에 이르렀다. 그 곳에선 가축의 무리가 울며 들판을 배회하고 있는 광경을 볼 수 있었다. 일행이 저택으로 들어가니 아이네이아스를 위해 소파가 이미 마련되어 있었다. 그것은 안에다 폭신하게 나뭇잎을 넣고 겉은 리비아의 곰 가죽 으로 덮은 것이었다.

다음 날 아침, 늙은 에반드로스는 검소한 저택의 처마 밑에서 지저귀 는 새소리에 잠이 깨어 눈부신 아침 햇살에 일어났다. 윗옷을 입고 어깨 에는 호피를 걸치고, 발에는 덧신을 신고 허리에는 훌륭한 칼을 차고서 나이 많은 왕은 손님을 만나러 나섰다. 두 마리의 맹견이 그의 뒤를 따 랐다. 이 개들이 그의 유일한 시종이며 호위병이었다.

아이네이아스는 그의 충실한 아카테스와 같이 있었다. 얼마 지나지 않아 팔라스도 왔다. 나이 많은 왕은 다음과 같이 말했다.

"고명한 트로이인이여! 그와 같은 위업에 우리가 협조할 수 있는 것은 정말 미약합니다. 우리 나라는 한편은 강이 가로막고 다른 편은 루툴리 인이 가로막고 있는 약소한 나라입니다. 하나 나는 당신을 인구도 많고 부유한 국가와 동맹시키고자 합니다. 운명이 당신을 가장 알맞은 시기 에 이곳으로 인도한 것입니다.

강 건너에는 에트루리아인이 살고 있습니다. 메젠티우스가 왕이었는 데, 그는 자기의 복수심 때문에 전대미문의 형벌을 고안한 잔인무도한 자입니다. 죽은 사람과 산 사람의 손과 손, 얼굴과 얼굴을 한데 묶어 불 행한 희생자를 끔찍한 공포 속에서 죽게 하는 것을 즐기던 그런 사람이었습니다.

　마침내 국민은 그의 일가를 추방했습니다. 그의 궁전을 불사르고 도당을 참살했습니다. 그는 투르누스에게 도망쳤는데, 지금도 메젠티우스를 무력으로 보호해주고 있습니다. 에트루리아 국민들은 그의 죄에 상응한 형벌을 주기 위해 내놓으라고 요구했습니다. 무력으로라도 반드시 그 요구를 이루려 하고 있습니다.

　그러나 사제들이 제지하였습니다. 사제의 말에 의하면, 이 나라에 태어난 사람들 중에선 그 누구도 승리로 이끌 수가 없으며, 지휘자로 예정된 자는 반드시 바다를 건너올 것이고, 그것이 하늘의 뜻이라고 말했습니다.

　그래서 그들은 나에게 왕관을 바치겠다고 하였으나, 그와 같은 큰일을 맡기에 나는 너무 늙었고 나의 아들은 본국 태생이므로 하늘의 뜻에는 적합하지 않습니다. 그러나 당신은 태생으로 보나 연배로 보나 무공으로 보나 신들에 의하여 선택된 인물이니, 그들 앞에 나타나기만 하면 바로 지도자로 환영을 받을 것입니다. 그런 당신에게 나의 유일한 희망이요, 위안인 아들 팔라스를 가담시키겠습니다. 당신 밑에서 전술도 배우게 하고 당신의 위대한 무공을 본받도록 하게 할 작정입니다."

　그리고 트로이의 장수들을 위해 준마를 준비하도록 명령하였다. 아이네이아스는 선발해놓은 부하들 한 부대와 팔라스를 동반하고서 말을 타고 에트루리아인의 도시를 향하여 떠났으며, 나머지 대원들은 배 있는 곳으로 돌려보냈다. 아이네이아스와 그 일행은 에트루리아인의 진영에 무사히 도착하여 타르콘과 국민들로부터 환영을 받았다.

니소스와 에우리알로스의 우정

한편에서는 투르누스도 군대를 소집하고, 전쟁에 필요한 모든 군비를 갖추었다. 헤라는 무지개의 여신 이리스를 파견하여, 아이네이아스가 없는 틈을 이용하여 트로이인의 진영을 기습하도록 선동했다. 그리하여 습격이 행해졌으나, 트로이인들은 이미 적의 기습을 경계하고 있었다. 또한 아이네이아스로부터 자기가 없는 동안에는 절대로 전쟁을 하지 말라는 엄명을 받았으므로, 진영 속에 잠복한 루툴리군이 아무리 유인하려 해도 그 술책에 응하지 않았다. 밤이 되자 투르누스 군대는 자기네가 우세하다고 생각하여, 기고만장해진 나머지 축연을 벌이고 술을 마시며 질펀하게 놀았다. 그리고 그들은 들판에 아무렇게나 누워 깊은 잠에 빠져들고 말았다.

한편 트로이인 진영은 이와는 달랐다. 모든 사람이 잠도 자지 않고 적에 대한 경계를 늦추지 않는 동시에 아이네이아스의 귀환을 초조하게 기다리고 있었다.

니소스가 진영의 입구에서 망을 보고 있었고 그의 곁에는 전 군대 안에서 온화한 인품과 뛰어난 재질로 유명한 청년 에우리알로스도 서 있었다.

그들은 우정으로 맺어진 전우였다. 니소스는 에우리알로스에게 말했다.

"자네에게도 보이지? 저놈들의 안하무인한 태도가. 불빛도 작고 희미한 것을 보니 모두 다 술이 취하여 잠이 든 모양이네. 자네도 알겠지만 아군 장군들은 아이네이아스에게 사람을 보내어 한시바삐 지시를 받기를 원하고 있네. 그래서 내가 적진을 뚫고 나가 아이네이아스를 찾아갈 결심을 했다네. 만일 내가 성공하면 그 명예가 나에게 충분한 보상이 될 것이며, 그 이상의 보상을 받을 가치가 있다고 인정되면 그것은 자네가 받게나."

에우리알로스는 모험심에 불타서 대답했다.

"아니, 니소스. 자네는 그 모험에 나를 빼놓겠단 말인가? 내가 자네를 그와 같은 위험한 곳에 혼자 보낼 것 같은가? 용감한 나의 아버지가 그렇게 가르치지는 않았으며, 나 또한 아이네이아스 군대에 참가할 때부터 그런 생각은 추호도 없었네. 이미 명예를 위해서는 목숨을 내놓을 각오를 했었네."

그러자 니소스가 대답했다.

"친구여, 나도 그런 줄 아네. 그러나 자네도 알다시피 이 일은 그 결과가 어찌 될지 확실치 않으며, 나야 어찌 되든 무관하지만 자네만은 무사하기를 바라는 마음일세. 자네는 나이도 나보다 젊고, 장래가 더 밝아. 또 만일의 경우가 벌어지면, 자네 어머니의 슬픔을 감당할 수 없네. 자네 어머니는 다른 부인들과 함께 아케스테스 시에 편안하게 체류하는 것보다는 이 싸움터에서 자네와 같이 있기를 택하지 않았던가."

에우리알로스는 대답했다.

"더 이상 말하지 말게. 자네가 아무리 나를 단념시키려 해도 쓸데없네. 나는 자네와 동행하기로 굳게 결심했으니. 자, 서둘러 출발하세."

그들은 수비병을 불러 임무를 맡기고 총사령부 진영을 찾아갔다. 장수들은 상황을 아이네이아스에게 알릴 방안을 협의하고 있는 중이었다. 그들은 두 친구들의 제언을 기꺼이 수락하였고, 무수한 찬사를 보냈으며, 성공할 때에는 더없이 풍성한 보상을 주겠노라고 약속했다. 특히 율루스는 에우리알로스에게 영원한 우정을 다짐했다. 에우리알로스는 그에게 이렇게 대답했다.

"오직 한 가지 부탁이 있네. 나의 노모가 나와 같이 진영에 와 계시네. 나 때문에 어머니는 트로이 땅을 떠났고, 다른 부인들처럼 아케스테스 시에 남아 계시려 하지 않았네. 어머니에게 작별하지 않고 떠나겠네, 어머니의 눈물을 감내할 수 없을 것이며, 만류하면 뿌리칠 수 없을 것 같기 때문일세. 청컨대 내 어머니의 슬픔을 위로해주게. 이것만 나에게 약속해준다면, 나는 용기백배하여 어떤 위험에 부딪치더라도 용감히 뛰어들어가겠네."

율루스와 다른 장수들은 감동하여 눈물을 흘리면서 모든 부탁을 들어주겠다고 약속했다. 율루스는 이렇게 말했다.

"자네의 어머니가 나의 어머니일세. 그리고 내가 자네에게 약속한 모든 것을 만일 자네가 돌아오지 못할 경우에는 자네 어머니에게 드리도록 하겠네."

이렇게 니소스와 에우리알로스는 진영을 떠나서 곧바로 적진 한가운데로 돌입했다. 감시자나 보초도 발견할 수 없었고, 사방에 병정들이 풀 위나 마차 사이에 흩어져 잠들어 있었다. 그 당시 전쟁의 법규에 따르면, 용감한 자가 잠자고 있는 적을 죽이는 것을 금하지 않았다. 그래서 두 트로이인은 적진을 통과하며 은밀하게 될 수 있는 한 많은 적들을 참살하였다.

한 진영을 지날 때 에우리알로스는 황금과 깃털이 반짝이는 훌륭한 투구를 얻기도 했다. 그들은 아무에게도 발각되지 않고 적진의 한가운데를 통과했다. 그러나 그때 갑자기 그들 앞에 적의 기병대가 나타났다. 그들은 대장 볼스켄스의 인솔 아래 진영으로 돌아오는 중이었다. 에우리알로스가 노획한 반짝이는 투구가 그들의 주의를 끌었다. 볼스켄스는 두 사람을 큰 소리로 불러, 누구며 어디서 왔느냐고 물었다. 그들은 대답하지 않고 숲 속으로 뛰어 들어갔다. 기병대가 그들의 도주를 막기 위하여 사방으로 흩어졌다.

니소스는 추격을 피하여 위험을 벗어났으나, 에우리알로스가 보이지 않았으므로 찾으러 다시 돌아갔다. 다시 숲 속으로 들어가 인기척이 나는 데까지 갔다. 숲 사이로 들여다보니 한 무리의 적들이 에우리알로스를 둘러싸고 이것저것 떠들썩하게 질문을 퍼붓는 것이 보였다.

'어떻게 하면 좋을까! 어떻게 하면 에우리알로스를 구해 낼 수 있을까! 그와 함께 죽는 것이 낫지 않을까?'

니소스는 밤하늘에 밝게 비치는 달을 바라보며 말했다.

"여신이여! 저에게 은총을 베푸소서."

그리고 손에 들고 있던 창을 기병대의 지휘관을 향해서 있는 힘껏 던졌다. 창은 등을 맞혀 치명상을 입히면서 그 자리에 거꾸러뜨렸다. 그들이 놀라 허둥거리고 있는 사이에, 또다시 창이 날아와 한 명을 더 쓰러뜨렸다. 지휘관 볼스켄스는 어디서 창이 날아오는지 몰라 칼을 빼어 들고 에우리알로스에게로 돌진했다.

"두 부하의 원수를 갚겠다."

칼로 에우리알로스의 가슴을 찌르려고 했다. 그때 니소스는 숲 속에서 뛰어나와 큰 소리로 부르짖었다.

"나다, 내가 그랬다. 루툴리인이여, 너의 칼을 나에게로 돌려라. 창은 내가 던졌다. 그 사람은 친구로서 나를 따라왔을 뿐이다."

이 말이 끝나기도 전에 볼스켄스는 칼을 내리쳐 에우리알로스의 가슴을 뚫었다. 그의 머리가 쟁기에 꺾인 꽃과 같이 어깨 위에 힘없이 떨어졌다. 니소스는 볼스켄스를 향해 돌진하여 칼로 목을 찔렀다. 그리고 자신도 무수한 칼을 받고 참살당했다.

메젠티우스의 고문

아이네이아스는 에트루리아의 동맹군을 데리고 마침 적당한 때에 전장에 돌아와 적에게 포위된 아군을 구해 냈다. 양군의 세력은 비등해졌으며 마침내 본격적인 전쟁이 시작되었다.

폭군 메젠티우스는 싸우는 상대가 반란을 일으킨 자신의 백성임을 알고 야수처럼 격노했다. 자기에게 저항해오는 자는 모조리 참살했고, 그가 나타나는 곳에서는 어느 누구도 상대가 되지 못하고 달아나기 일쑤였다.

마침내 아이네이아스와 마주치게 되었다. 장병들은 조용히 서서 두 사람의 승부를 지켜보았다. 메젠티우스는 들고 있던 창을 던졌다. 창이 아이네이아스의 방패를 치고 빗나가서 안토르를 맞혔다. 그는 그리스 태생이었는데, 고향 아르고스를 떠나 에반드로스를 따라 이탈리아로 왔던 것이다. 시인 베르길리우스는 이 안토르를 가식 없고 비애에 찬 필치로 노래하고 있는데, 그 구절은 오늘날에도 흔히 속담으로 쓰이고 있다. 이 불행한 자는 다른 사람을 겨눴던 창에 맞고 쓰러져 죽어가면서 고향을 생각했다.

아이네이아스의 창은 메젠티우스의 방패를 뚫고 그의 넓적다리에 꽂혔다. 메젠티우스의 아들 라우수스는 이 광경을 보고 뛰어나와 아이네이아스의 앞을 가로막았다. 그동안에 부하들은 메젠티우스 주위에 모여들어 그를 떠메고 되돌아갔다.

아이네이아스는 칼을 라우수스의 머리 위에 치켜들며 '과연 그를 내리쳐야 하는 것인가'라고 생각하면서 주저하고 있었다. 그러나 격노한 라우수스가 먼저 공격해왔으므로 아이네이아스는 하는 수 없이 운명의 일격을 가했다. 라우수스는 쓰러졌다. 아이네이아스는 가엾게 여겨 몸을 구부리고 그의 얼굴을 들여다보며 말했다.

"불우한 젊은이여. 비록 적일지언정 칭찬할 만한 그대에게 무엇을 해줄 수 있겠는가? 그대가 자랑으로 삼는 그 갑옷을 그대로 입고 있게. 그리고 걱정하지 말게. 그대의 유해는 그대의 친구에게 돌려줄 것이니 합당한 장례를 치를 수 있도록 하겠노라."

이렇게 말하면서 주저하는 라우수스의 부하들을 불러 그들 손에 유해를 건네주었다.

그동안 메젠티우스는 냇가로 운반되어 상처를 물로 씻고 간호를 받고 있었다. 얼마 후 그곳에 라우수스가 전사했다는 소식이 전해지자 분노와 절망이 그를 전율케 했다. 말을 타고 다시 전투장인 숲 속으로 들어가 아이네이아스를 찾았다. 메젠티우스는 그를 발견하자, 말을 타고서 주위를 빙빙 돌며 끊임없이 창을 던졌다. 한편 아이네이아스는 방패를 자유자재로 돌려서 창을 막으면서 대항했다.

메젠티우스가 세 바퀴쯤 돌았을 때, 아이네이아스는 창을 곧장 말의 머리를 향해 던졌다. 창이 말의 관자놀이를 관통했고 말이 쓰러졌다. 양군에서는 환성이 일어났고 그 소리는 하늘을 찌를 듯했다. 메젠티우스는 살려달라고 조금도 애원하지 않았다. 오직 그의 유해가 배반한 부하들의 손에 넘어가 그들의 모욕을 받지 않도록 해달라는 것과 아들과 같은 무덤에 묻어달라는 것만 부탁했다. 곧 운명의 일격을 받아 피를 흘리며 절명했다.

전장의 한편 다른 곳에서는 투르누스가 젊은 팔라스와 맞붙고 있었다. 실력이 차이나는 전사들끼리의 싸움에서 볼 수 있는 결과란 뻔한 것이었다. 팔라스는 용감히 싸웠으나 투르누스의 창에 맞아 쓰러졌다. 승리자 투르누스는 이 용감한 젊은이가 자기의 발밑에서 죽어 넘어진 것을 보고 가엾은 생각이 들어 적의 갑옷을 빼앗는, 즉 승리자의 특권을 행사하는 것을 그만두었다. 오직 금 못과 금 조각으로 장식한 띠만을 빼앗아 자기 몸에 두르고 나머지 물건은 죽은 자의 친구에게 돌려주었다.

그 전투 후, 양군 모두 죽은 자를 매장하기 위하여 수일간의 휴전을 선포했다. 이러한 기간을 이용하여 아이네이아스는 사자를 보내 투르누스에게 이 전쟁을 일 대 일의 단기전을 통해 승부를 가리자고 도전을 했으나, 투르누스는 이 도전을 교묘하게 피했다.

다시 전쟁이 시작되고, 이번 전투에서는 처녀 무사인 카밀라가 그 뛰어남을 내보였다. 그녀의 용감한 전투는 가장 용감한 남자 무사들의 전투를 능가했다. 많은 트로이인과 에트루리아인이 그녀의 창에 찔리고, 도끼에 맞아 쓰러졌다.

아룬스라고 하는 에트루리아인이 오랫동안 줄곧 그녀를 지켜보면서 기회를 노리고 있다가 때마침 그녀가 도망하는 적병을 추격하는 것을 보았다. 그녀는 적병의 갑옷이 너무도 훌륭해 그것을 빼앗으려고 하였다. 추격에 열중한 나머지 자신의 위험을 깨닫지 못했다. 아룬스가 던진 창이 그녀에게 적중하여 치명상을 입혔다. 그녀는 쓰러져 곁에 있던 처녀 부하들의 팔에 안겨 최후의 숨을 거두었다.

그러나 그녀의 운명을 본 아르테미스 여신은 그녀를 죽인 자를 그대로 내버려두지 않았다. 아룬스는 기뻐하면서도 한편으로는 무서워 도망치려 했으나, 그때 아르테미스의 무리에 있던 한 님프가 쏜 화살에 맞아 먼지 속에서 아무도 모르는 가운데 외로이 죽어갔다.

마침내 아이네이아스와 투르누스 사이에 최후의 전투가 벌어졌다. 투르누스는 이 전투를 될 수 있는 한 피하려고 하였으나, 마침내 자기편의 불리한 전세와 부하들의 불평하는 소리가 자극이 되어 싸울 결심을 하게 되었다. 승패는 뻔했다.

아이네이아스는 이길 운명이었으며, 위기에 처했을 때마다 언제나 그의 어머니인 여신이 도와주었다. 또 그에게는 어머니에게서 받은 헤파이스토스가 만들어준 뚫을 수 없는 갑옷이 있었다. 이와 반대로 투르누스는 그의 편을 들어주던 신의 가호도 이제는 더 이상 기대할 수 없게 되었다. 헤라는 더 이상 투르누스를 도와주어서는 안 된다는 제우스로부터의 엄명을 받아놓고 있었기 때문이었다.

투르누스는 창을 던졌으나, 창은 아이네이아스의 방패에 맞아 아무런 상처도 입히지 못하고 다시 튀었을 뿐이었다. 이번에는 트로이의 영웅이 창을 던졌다. 창은 투르누스의 방패를 뚫고, 그의 넓적다리에 박혔다. 그러자 투르누스의 드높던 패기도 꺾여 관대한 처분을 애걸했다. 아이네이아스도 그를 측은히 여겨 살려주려고 했다.

그러나 그 순간 팔라스의 띠가 그의 눈에 들어왔다. 그것은 투르누스가 팔라스를 죽인 후 빼앗은 것이었다. 이것을 보자 아이네이아스는 분노가 치솟았다.

"팔라스가 이 칼로 너를 죽이노라."

이렇게 외치며, 들고 있던 칼을 투르누스의 몸에 꽂았다.

여기서 「아이네이아스」 시는 끝난다. 우리는 아이네이아스가 그의 적을 모두 정복한 후에 라비니아를 신부로서 맞아들였다는 것을 쉽게 상상할 수 있다. 전설에 의하면 아이네이아스는 자기 나라를 건설하고 그것을 신부의 이름을 따서 라비니움이라고 불렀다고 한다. 그리고 그의 아들인 율루스는 알바롱 가를 건설했는데, 이곳이 바로 저 로물루스와 레무스의 탄생지, 즉 로마의 요람지인 것이다.

로마 건국 신화

커다란 바구니 안에 쌍둥이 두 아이가 티베르강 위로 떠내려 오고 있었다. 그것을 늑대가 발견하고 젖을 먹여 키웠는데, 어른이 된 형제는 형은 '로물루스', 동생은 '레무스'라고 이름 지었다. 그 후 삼촌이 그들을 티베르강에 버린 것을 알게 되고 복수하였으며, 힘을 모아 도시를 건설한다. 하지만 형제는 서로 왕이 되려고 싸우게 되었고, 결국 형이 동생을 살해하고 도시의 왕이 된다. 그 도시의 이름은 자신의 이름을 가져와 '로마'라 지었다.

그 후 형은 동생을 죽인 자신을 책망하며, 동생이 죽은 4월 21일을 로마의 건국일로 정하였다.

늑대의 젖을 먹는 로물루스
레무스 형제

사모스의 현인 피타고라스

앙키세스는 아이네이아스에게 인간의 영혼의 성질에 관하여 설명했는데, 그 가르침은 피타고라스 학파의 학설과 일치하던 것이었다. 피타고라스는 원래 사모스 섬 사람이었으나, 생애 대부분을 이탈리아의 크로톤에서 보냈다. 그래서 오늘날에도 '사모스의 현인'이라 불리기도 하고, 어떤 때는 '크로톤의 철학자'라고 불리기도 한다.

그는 젊었을 때 널리 여행을 했다. 전하는 바에 의하면, 이집트를 방문하여 사제들로부터 모든 학문을 전수받았으며, 후에는 동방으로 여행하여 페르시아와 칼데아의 마기족(고대 페르시아의 승려 계급)과 인도의 바라문(인도의 승려 계급)을 방문했다고 전해 내려온다.

마침내 크로톤에 정착하게 되었는데, 이곳에서 그의 비범한 재능은 주위에 많은 제자들을 모았다. 당시의 크로톤 주민들은 사치와 방탕으로 악명이 높았는데, 피타고라스의 감화력은 그 영향력을 곧바로 나타내기 시작했다. 근검과 절제의 바람이 일어나고 100명의 주민들이 제자가 되었다. 그들은 공동으로 지식을 추구하기 위하여 단체를 조직하여 그 회원이 되었고, 전체의 이익을 위하여 각자의 재산을 모아 공동 재산을 만들었다.

그들은 순결하고 검소한 생활양식을 실천했다. 그들이 배운 최초의 교훈은 '침묵'이었다. 얼마 동안 그들은 오직 가르침을 듣기만 해야 했다. '그가 그렇게 말하였다'라고만 하면, 아무런 논증이 없어도 받아 들여야 했다. 질문을 하고 반대 의견을 내는 것이 허용된 것은 수년 동안의 침묵을 인내한 상급 제자에게만 가능했다.

피타고라스는 '수'가 만물의 본질이며 원리라고 생각했으며, 수가 있음으로써 물체는 실제로 분명히 존재하는 것이라고 말했다. 수는 우주 만물의 구성요소였던 것이다. 그러나 그가 이 논리의 과정을 어떻게 생각했는지에 대해서는 충분한 설명은 찾아볼 수가 없다.

그는 우주의 여러 형태와 현상을 그 기초이며 본질인 수에 기인하는 것으로 보았다. '모나스', 즉, '1'을 모든 수의 근원이라고 생각했다. '2'라는 수는 불완전하고 증가와 분할의 원인이었다. '3'은 시초와 중간과 종말을 가지고 있기 때문에 완전한 수라고 불렀다. '4'는 정방형을 표시하는 수로서 가장 완전한 수였다. 그리고 '10'은 이 네 개의 기본적인 수의 합계(1+2+3+4)를 포함하고 있으므로, 모든 음악적이고 수학적 비율을 포함하며, 우주의 조직을 표시하고 있는 것이라고 생각했다.

여러 가지 수가 모나스로부터 시작하는 것처럼, 피타고라스는 우주의 모든 만물도 신성이라는 순수하고도 단일한 것에서부터 시작되는 것이라고 여겼다. 신들과 악마의 영혼은 이 최고의 것에서 생겨났다는 것이다. 뒤이어 네 번째로 생겨난 것이 인간 영혼이다. 이 영혼은 불멸이고 육체의 속박을 벗어나면 죽은 자의 거처로 옮겨가서, 다시 또 인간이나 동물의 신체 속에 거주하기 위해 이승으로 돌아오기까지 그곳에 머문다. 그리고 완전히 정화되었을 때에는 마침내 최초에 출발한 근원으로 회귀한다.

영혼의 윤회에 관한 이 교리는 원래 이집트에서 유래한 것이고 인간의 행위에 대한 상과 벌에 관한 교리와 깊은 관련이 있었다. 피타고라스 학파의 사람들이 절대로 동물을 죽이지 않은 것도 이 교리를 신봉하고 있었던 것이 큰 이유였다. 오비디우스는 피타고라스가 제자들에게 다음과 같이 말했다고 전하고 있다.

"영혼은 결코 죽지 않고, 항상 한 거처를 떠나면 곧 다른 거처로 옮아간다. 나 자신도 트로이 전쟁 때에는 판토스란 사람의 아들 에우포르보스였는데, 메넬라오스의 창에 맞아 쓰러진 것을 기억한다. 최근에 아르고스 시에 있는 헤라의 신전에 가본 일이 있는데, 그곳에 당시 내가 사용하던 방패가 전리품과 함께 걸려 있는 것을 보았다.

이와 같이 모든 것은 변화할 따름이지 무엇 하나 사멸하지 않는다. 영혼은 이곳저곳으로 옮아가서 이번에는 이 육체, 다음에는 저 육체에 머무르고 짐승의 몸에서 인간의 몸으로 옮아갈 수도 있다. 밀초가 어떠한 모양 형태로 찍혔다가 다시 녹고, 또다시 새로운 모양새로 찍혀도 밀초는 항상 동일한 밀초인 것처럼 영혼도 항상 동일한 영혼이며, 그것은 때에 따라 여러 가지 상이한 형태를 취한다. 그러므로 너희의 가슴에 동족에 대한 사랑의 불꽃이 꺼지지 않았다면, 제발 동물들의 생명을 난폭하게 다루지 말아다오. 어쩌면 그것이 너희들 자신의 친척일지도 모를 테니까."

음계의 음부와 수의 관계에 의해서 같은 배수의 진동에는 조화음이 생기고 그렇지 않은 것에는 부조화음이 생기는데, 이러한 관계에서 피타고라스는 눈에 보이는 것에도 '조화'라는 말을 적용하였다. 그리고 그것은 각 부분이 서로 적응하고 있는 상태를 의미하게 되었다.

우주의 중심에는(피타고라스의 생각에 의하면) 생명의 원리인 중심 불이 있었다. 이 중심의 불은 지구와 달과 태양과 다섯 개의 유성으로 둘러싸여 있었다. 그리고 각 천체 사이의 거리는 음계의 비례와 일치하

는 것으로 여겨졌다. 천체는 그 속에 거주하는 신들과 더불어 중심이 되는 불의 주위를 돌면서 '노래를 멈추는 일 없이' 합창과 무용을 하고 있다고 생각되었다.

또 천구는 수정 혹은 유리와 같은 것으로 되어 있고, 한 벌의 주발을 엎어놓은 것처럼 서로 겹쳐져 있는 것으로 여겨졌다. 각 천구의 내부에는 하나 혹은 두서너 개의 천체가 붙어 있어 천구와 함께 돌게 되어 있는 것이라고 생각하였다. 각 천구는 투명하므로 우리는 그 천구를 통하

Raphael_아테네 학당(1510~1511)

여 그것이 겹쳐져 있는 상태로 함께 돌고 있는 천체만을 보게 된다.

그러나 이러한 천구도 돌 때에는 서로 마찰이 없을 수 없으므로 그로 인해서 절묘한 조화음이 발생하는데, 그것이 또한 실로 아름다운 조화를 가진 음으로 너무나도 아름다워 인간의 귀에는 들리지 않을 정도라고 생각하였다.

피타고라스는 또 리라를 발명했다고도 전해지고 있다.

시바리스와 크로톤의 전쟁

시바리스는 크로톤에 인접한 도시로 사치와 방탕으로 악명 높았다. 크로톤이 그 반대로 유명했던 것과 같이, 시바리스라는 이름 자체가 사치와 방탕의 대명사로 속담에 오를 정도였다.

후에 두 도시 사이에 전쟁이 일어나서 시바리스는 정복당하고 파괴되었다. 엄청난 힘을 가진 것으로 유명한 밀론이 크로톤의 군대를 이끌고 왔기 때문이었다. 밀론은 네 살배기 암소를 어깨에 메고 가서 그 소를 하루 동안에 다 먹어버렸다는 일화가 따라 다녔다.

또 그의 죽음은 다음과 같았다고 한다. 그가 숲 속을 지나가고 있을 때 나무꾼이 쪼갠 나무줄기가 눈에 띄었다. 그것을 더 쪼개려 하다가 손이 나무줄기에 꽉 끼여 그 상태로 늑대의 습격을 받아 끝내는 잡아먹혔다는 것이다.

Pierre Puget_크로톤의 밀론(1671~1682)

46

이집트의 신 오시리스와 이시스

이집트 사람들은 암몬을 최고의 신으로 받들었다. 후에 제우스 혹은 유피테르 암몬이라고 부른 신들이다. 암몬은 말이나 의지로 자신을 표명하였는데, 그의 의지는 크네프와 아토르라는 두 남녀 신을 창조했다.

이 두 신으로부터 오시리스와 이시스가 탄생했다. 이집트 사람들은 오시리스를 태양의 신으로 온기와 생명과 풍요의 원천으로서 숭배했을 뿐만 아니라, 나일 강의 신으로도 생각하여 그가 매년 강을 범람시켜 그의 처 이시스(지구)를 만나러 가는 것이라고 생각하였다.

세라피스(일명 헤르메스)는 오시리스와 동일한 신으로 그려지는 일도 있었으나, 때로는 별개의 신으로 타르타로스의 지배자요 의술의 신으로 여겨졌다.

아누비스는 수호신으로서 개의 머리를 한 모습으로 그려지고 있는데, 그 머리는 충실과 경계를 상징하고 있다.

호루스 혹은 하르포크라테스는 오시리스의 아들이었다. 침묵의 신으로서 손가락을 입술에 대고 연꽃 위에 앉아 있는 자태로 묘사되었다.

어느 날 오시리스와 이시스는 시장으로 내려가서 주민들에게 선물과 축복을 주었다. 이시스는 그들에게 최초로 밀과 보리의 사용법을 가르쳐주었고, 오시리스는 농기구를 만들어 그 사용법을 가르쳐주었으며, 쟁기를 소에다 매는 법도 가르쳐주었다. 또한 오시리스는 인간에게 법률과 결혼의 제도와 사회조직을 부여했으며, 신들을 숭배하는 방법도 가르쳐주었다. 이처럼 그는 나일 강 유역을 행복한 나라로 만든 후에 그 혜택을 세계의 다른 곳에도 부여하기 위해서 많은 천사들을 모아 함께 길을 떠났다. 그는 여러 나라를 정복했으나 무력으로써가 아니라 음악과 웅변으로써 행해졌다.

오시리스의 동생 세트는 이것을 보고서 질투와 악의에 넘쳐 그가 자리를 비운 사이에 왕위를 빼앗으려고 했다. 그러나 정권을 맡고 있던 이시스가 계획을 좌절시켰다. 더욱 원한에 사무친 세트는 마침내 형을 죽이기로 결심했다. 그래서 다음과 같은 방법을 꾀하였다.

72명으로 구성된 암살단을 조직하여, 그들을 데리고 왕의 귀국을 축하하는 축연에 참석했다. 그때 그는 미리 오시리스의 몸에 꼭 맞게 만들어둔 큰 궤짝을 가져오게 했다. 그리고 누구든지 이 궤짝 속에 들어갈 수 있는 자에게 고귀한 재목으로 된 그것을 선사하겠노라고 선언했다. 모든 사람들이 들어가려고 해보았으나 잘 되지 않았다. 오시리스의 차례가 되어 그가 들어가자, 즉시 세트와 그의 일당들은 뚜껑을 닫고 궤짝을 나일 강에 던졌다.

이시스는 이 잔인한 살인 소식을 듣고는 통곡하며 머리를 깎고 상복을 입고는 가슴을 치며 남편의 시체를 열심히 찾았다. 그녀는 남편의 시체를 찾는 과정에서 남편 오시리스와 넵티스 사이에서 태어난 아들 아누비스로부터 막대한 도움을 받았다. 두 사람의 탐색은 안타깝게도 허사였다. 궤짝이 파도에 실려 비블로스 해안에 닿아 물가에 자라난 갈대

폼페이 이시스 사원의 이시스-오시리스 벽화

에 얽혔을 때, 오시리스가 지니고 있던 신력이 갈대에 이상한 힘을 주었다. 갈대는 자라서 거목이 되었는데, 그 밑줄기 속에 관이 봉쇄되었기 때문이었다. 그 후 얼마 지나지 않아 나무는 신성한 물건을 보관한 채 벌채되어 페니키아 왕의 궁전을 짓는 데 기둥으로 사용되었다.

　이시스는 마침내 아누비스와 그에게 봉사하는 새들의 도움을 얻어 이 사실을 알아내고 곧 페니키아로 갔다. 궁전에 닿자 그녀는 왕궁의 하녀로 자원했다. 허락이 떨어지자 그녀는 변장을 벗고 천둥소리와 번갯불에 둘러싸여 여신의 자태로 나타났다. 그리고 손에 든 지팡이로 기둥을 치니 기둥이 쪼개지며 신성한 관이 나왔다. 그녀는 그 관을 가지고 돌아와서 깊숙한 곳에 감추어두었으나, 세트가 이를 발견하여 시체를 열네 토막으로 잘게 잘라 여기저기 뿌렸다. 이시스는 오랫동안 찾은 끝에 열세 토막밖에 찾지 못했는데, 나머지 한 토막은 나일 강의 물고기가 먹었던 것이다. 그래서 그녀는 무화과나무로 그 부분을 대신 만들어 유해를 필라이 섬에 묻었다. 그 후부터 이 섬은 이 나라의 유명한 묘지가 되어 순례자가 전국 각지에서 모여들었다. 이곳에는 오시리스를 위해 장려한 신전이 세워지고, 그의 수족이 한 조각이라도 발견된 곳에는 작은 신전과 분묘를 세워서, 이 사건을 후세에 전했다.

그 후 오시리스는 이집트인의 수호신이 되었다. 이집트인들은 그의 영혼이 항상 소인 아피스의 몸에 머무르다가 그 소가 죽으면 다음 소에 옮아간다고 생각하였다. '멤피스의 황소'라고 불렸던 이 아피스는 이집트인으로부터 가장 깊은 존경과 숭배를 받았다. 아피스로 인정되는 소는 어떤 일정한 표식으로 분간할 수 있었다. 전신이 새까맣고 이마에는 정방형의 흰색 표시가 있고 등에는 수리 모양의 표시가 있었으며, 혀 밑에는 갑충 모양의 혹이 있었다.

그것을 찾기 위해 특별히 파견된 사람들이 이와 같은 표시를 가진 황소를 발견하면, 그 소는 동쪽으로 향한 건물 안에 안치되어 4개월 동안 우유를 먹으며 자랐다. 이 기간이 끝나면 새 달이 뜨는 밤에 사제들은 엄숙하게 의식을 갖추고 그 소를 아피스로서 영접했다. 이 소는 화려하게 장식한 배에 태워져 나일 강을 따라 내려가 멤피스로 운반되었다.

그곳에는 두 채의 예배당과 커다란 운동장이 딸린 신전이 소를 위해 준비되어 있었다. 이집트인들은 희생물을 아피스에게 바쳤고, 또 매년 한 번씩 나일 강이 범람할 때가 되면 금잔을 강물 위에 띄워 아피스의 탄생일을 축하하는 성대한 제전을 거행했다. 사람들이 믿는 바에 의하면 이 제전 기간 동안에는 악어들도 그 사나운 성질을 버리고 해를 끼치는 일이 없다고 한다.

그러나 아피스의 행운에도 한계가 있었다. 아피스는 일정한 기간 이상 생존이 허용되지 않았으므로 25세에 달해도 아직 살아 있으면 사제들은 그 소를 신성한 저수지에 집어넣고 익사시켜 세라피스 신전에 매장했다. 이 소가 죽으면 그것이 자연사든 뜻밖의 죽음이든 간에 전 국민이 비탄에 잠기게 되었는데, 이 비탄은 다음을 이을 아피스가 발견될 때까지 계속되었다.

신탁소

'오러클'이란 사람이 신에게 미래에 대해 문의하러 갔을 때, 그 답변이 신으로부터 주어진다고 생각되었던 곳을 가리키는 데 사용된 말이다. 그리고 신으로부터 주어진 그 답변을 말하는 경우에도 사용되었다.

제우스의 신탁소

그리스의 가장 오래된 신탁소는 도도나에 있는 제우스의 신탁소였다. 기록에 의하면 그것은 다음과 같은 연유로 세워졌다고 한다. 두 마리의 검은 비둘기가 이집트의 테베에서 날아왔다. 한 마리는 에페이로스 산중에 있는 도도나로 날아가서 그곳 참나무 숲에 앉아 주민들에게 인간의 말로 그곳에 제우스의 신탁소를 건립하라고 명했다. 또 다른 한 마리의 비둘기는 리비아의 오아시스에 있는 유피테르 암몬의 신전으로 날아가 그곳에서 같은 명령을 전했다고 한다.

다른 기록에 의하면, 비둘기가 아니라 무녀였다고 한다. 이집트의 테베로부터 페니키아인에게 납치되어간 그녀들이 오아시스와 도도나에 각각 신탁소를 세웠다는 것이다. 이 신탁소에서는 답변을 참나무로부터 얻어냈다. 바람에 살랑대는 나뭇가지의 소리를 사제가 해석했다.

아폴론의 신탁소

그리스의 신탁소 가운데 가장 유명한 것은 델포이에 있는 아폴론의 신탁소였다. 델포이는 포키스란 곳에 있는 파르나소스 산중턱에 세워진 도시였다. 아주 오래 전부터 알려져 있던 일이지만, 파르나소스에서 풀을 뜯어먹고 있는 염소는 산중턱에 있는 길고 깊숙하게 틈이 난 곳에 다가가면 경련을 일으킨다고 한다. 이것은 지하의 동굴에서 발산하는 특수한 증기 때문이었다.

어느 무모한 양치기가 스스로 시험해보고자 하였다. 그래서 그 중독성의 증기를 흡입하니, 정신을 잃고 염소와 마찬가지로 경련을 일으켰다. 이웃 주민들은 사정을 알 수 없었으므로 그러한 상태에서 지껄인 양치기의 발작적인 헛소리를 신의 영감 때문이라고 생각했다. 그리고 이 사실은 곧 사방으로 널리 퍼져, 그곳에 신전이 세워졌던 것이다.

처음에는 이 신전의 주인으로 대지의 여신이나 포세이돈, 테미스, 그밖의 신들이 등장했으나, 마침내는 아폴론을 주인으로 받아들였다. 그리고 아폴론만이 예언력을 가지고 있는 것으로 생각하였다. 그곳에 한 무녀가 선정되었는데, 그녀의 임무는 이 신성한 영기를 빨아들이는 것

Francois Girardon_아폴론과 님프들(1666~1673)

이었고 피티아라고 명명되었다.

그녀가 이 임무를 맡기 위해서는 우선 카스탈리아의 샘에서 목욕재계한 후 머리에 월계관을 쓰고, 역시 월계수로 장식한 다리 세 개 달린 가마 위에 올라앉았다. 그것은 틈 위에 놓여 있었는데, 그 틈에서 신의 영기가 나왔다. 이렇게 앉아 있는 동안에 그녀는 영감을 얻어 알 수 없는 말을 하는데, 이 말을 사제들이 해석했다.

트로포니오스의 신탁소

도도나와 델포이에 있는 제우스와 아폴론의 신탁소 외에 보이오티아에 있는 트로포니오스의 신탁소도 대단히 중요한 곳으로 알려져 있다. 트로포니오스와 아가메데스는 형제였다. 그들은 저명한 건축가로서 델포이의 아폴론 신전과 히리에오스 왕의 보물창고 등을 건축했다. 그들은 그 보물창고의 벽에 일부러 돌을 끼워놓고 언제나 그것을 들어낼 수 있도록 해놓았다. 그러고는 그 보물을 훔쳐냈다.

히리에오스는 깜짝 놀랐다. 자기 손으로 잠근 자물쇠나 봉인은 아무런 이상이 없는데, 안의 보물이 점점 줄어들었기 때문이었다. 마침내 왕은 도둑을 잡기 위해 함정을 설치했는데, 아가메데스가 걸려들었다. 트로포니오스는 그를 구해낼 수도 없었고, 또 발각되면 고문을 받아 공범이라는 사실이 드러날 것을 두려워하여 아가메데스의 목을 잘라버렸다. 그러나 트로포니오스 자신도 그 후 얼마 가지 않아 땅속으로 삼켜졌다고 전해진다.

트로포니오스 신탁소는 보이오티아의 레바데이아에 있었다. 전설에 의하면 큰 가뭄이 있었을 때, 보이오티아인은 델포이의 아폴론으로부터 레바데이아인의 도움을 받으라는 지시를 받았다고 한다. 지시를 받아 그곳에 가보았으나 신탁소를 발견할 수 없었다. 그러나 그들 중 한 사람이 우연히 벌떼를 보고 그 뒤를 따라가보니, 지면에 틈이 난 곳이 있었다. 알고보니 이곳이 바로 그들이 찾던 곳이었다.

이 신탁소에 신탁을 받으러 오는 사람은 특별한 의식을 행해야만 했고 그 의식이 끝나야지만 좁은 길을 지나 동굴 속으로 내려갈 수 있었다. 동굴에는 밤중에만 들어갈 수 있었으며, 동굴에서부터 돌아올 때에는 전과 동일한 좁은 길을 뒷걸음질하여 걸어나왔다. 그때의 모습은 모두 우울하고 낙심한 것같이 보였다. 이로부터 의기소침하고 우울한 사람을 가리켜 "그는 트로포니오스에 신탁을 문의하고 왔다"라고 했으며, 이 말이 속담처럼 되었다.

아스클레피오스의 신탁소

아스클레피오스의 신탁소는 여러 곳에 있었는데 그 가운데 가장 유명한 것은 에피다우로스에 있는 것이었다. 이곳의 병자들은 신전 안에서 잠을 잠으로써 신탁의 답변을 구하거나 병을 고치거나 했다. 전하는 바에 의하면, 이러한 병자들의 치료법은 오늘날의 동물자기 또는 최면술이라고 부르는 것과 흡사했던 것으로 추측된다. 아스클레피오스에게는 뱀이 헌납되어 있었다. 아마도 뱀이 허물을 벗음으로써 청춘을 되찾는 능력을 가지고 있다는 미신에 기인한 것이었으리라 추측된다.

아스클레피오스 상

아스클레피오스를 향한 숭배가 로마에서 시작된 것은 로마에 심한 대역병이 유행하고 있을 때였다. 그때 로마의 사자가 에피다우로스의 신전으로 파견되어 신에게 구원을 요청했다.

아스클레피오스는 곧 요청을 들어주었고, 사자의 배가 돌아갈 때 뱀의 형태로 모습을 바꾸고 함께 갔다. 티베리스 강에 도착하자 뱀은 배에서 빠져나와 강 가운데 있는 한 섬에 자리를 잡고 살았다. 그러자 사람들은 이곳에 신전을 세우고 아스클레피오스를 모셨다.

아피스의 신탁소

아피스의 신탁소 멤피스에서는 신성한 황소 아피스가 그에게 신탁을 물으러 오는 사람들에게 답변을 하였다. 그 방법은 사람들이 이 소에게 바친 공물을 수납하느냐 거부하느냐에 따라 나타났다. 만일 소가 문의하는 사람의 공물을 받아들이기를 거부하면 불길한 징조고, 받아들이면 길한 징조라고 생각하였다.

신탁의 답변이 단지 인간이 꾸며낸 것인지 혹은 악령의 작용이었는지는 알 수 없지만, 과거에는 후자의 의견이 우세했다. 최면술 현상이 주목되기 시작한 후부터는 제3의 이론이 나오게 되었다. 그에 의하면 무녀는 최면술의 혼수상태와 비슷한 상태에 빠져 천리안과 같은 능력이 생긴다는 것이다.

또 하나의 문제는 이러한 그리스, 로마의 신탁소에서 답변을 주지 않게 된 시기에 관한 문제다. 그리스도교 신자인 고대의 저술가들은 신탁이 침묵하게 된 것은 그리스도의 탄생 때문이며, 그날 이후로는 신탁을 들을 수 없게 되었다고 한다.

신들의 조각상

전하고 싶은 사상을 신들의 여러 이름을 빌려 우리가 직접 눈으로 볼 수 있도록 적절하게 나타내는 것은 최고의 재주와 기술을 활용해야 하는 과제였다. 그러한 많은 시도 중에서 다음 네 개의 조각상이 가장 유명한 것으로 전해지고 있다. 처음 두 개는 고대인의 기록에 의해서만 우리에게 알려져 있고, 다른 두 개는 지금도 현존하고 있으며, 그 작가의 솜씨는 누구나 인정하는 최고 걸작으로 전해진다.

올림포스의 제우스 상

피디아스가 제작한 올림포스의 제우스 상은 그리스 미술의 조각 부문에서는 최고의 작품이라고 생각되고 있었다. 그 크기가 거대해 고대인들이 '크리셀러판티노스'라고 불렀는데 상아와 금으로 만들어졌다. 육체를 표현한 부분의 안쪽은 나무와 돌로 만들었고 그 위에 상아를 입혔으

Maerten van Heemskerck_올림포스의 제우스 상

며, 의복이나 다른 장식물은 금으로 되어 있었다. 그 조각상의 높이는 40피트였고, 12피트 높이의 대좌 위에 위치해 있었다. 제우스가 옥좌 위에 앉아 있는 상이었다. 이마에는 올리브로 만든 화관을 쓰고 오른손에는 홀을 쥐고, 왼손에는 '승리의 여신' 상을 들고 있었다. 옥좌는 삼나무로 만들어졌는데, 황금과 보석으로 장식되었다.

이 조각가가 구체적으로 표현하려고 한 사상은 그리스 민족이 믿었던 최고신의 사상이었다. 완전한 존엄과 위엄 속에서 정복자로서 왕위에 올랐다. 그리고 눈 아래의 온 세계를 고개를 한 번 끄떡임으로써 지배하는 신이었다. 피디아스는 호메로스가 『일리아드』 제1권에서 표현하고 있는 제우스 상에서 구상을 얻었다고 술회했다.

파르테논의 아테나 상

파르테논의 아테나 상도 피디아스의 작품이었다. 아테네에 있는 파르테논, 즉 아테나 신전에 서 있었다. 여신 아테나의 입상으로 한 손에는 창을 들고 다른 손에는 승리의 여신상을 들고 있었다. 그녀의 투구는 화려하게 장식되어 있었고 투구 위에는 스핑크스가 놓여 있었는데, 입상의 높이는 40피트였고 제우스 상과 같이 상아와 금으로 만들어져 있었다. 눈은 대

파르테논 신전의 아테나 상 모조품

리석으로 되어 있었는데, 홍채와 동공을 표현하기 위해서 채색되어 있었을 것이다. 이 상이 서 있었던 파르테논도 피디아스의 지시와 감독 아래 건립되었다. 신전의 외부는 여러 가지 조각품으로 장식되어 있었는데 그 대부분이 피디아스의 손을 거친 작품들이다. 지금 영국 박물관에 있는「엘긴 대리석」은 그 조각품의 일부다.

피디아스가 제작한 제우스 상이나 아테나 상은 모두 유실되었으나, 우리는 현존하는 다른 조각상과 흉상으로 보아 그가 두 신의 모습을 어떻게 표현했는지 충분히 짐작할 수 있다. 엄숙하고 고귀한 미와 미술용어로 평안이라고 일컫는 순간적인 표정으로부터의 초탈을 그 특징으로 하고 있었을 것이다.

메디치 가의 아프로디테 상

메디치 가의 비너스 상

메디치 가문의 아프로디테 상은 로마의 메디치 가문의 왕자들이 소유하고 있었던 까닭에 오늘날에도 그렇게 불리고 있는데, 이 조각상이 최초로 세인의 주목을 끌게 된 것은 지금으로부터 약 200년 전의 일이었다. 그 대좌에는 기원전 200년의 아테네의 조각가 클레오메네스의 작품이라고 새겨져 있으나, 그 문구의 내용에는 다소 의문스러운 점이 있다.

전설에 의하면, 이 상의 조각가는 당국의 위촉을 받아 여성미의 완전한 모습을 구현한 조각상을 만들게 되었는데, 당국은 그의 작업을 돕기 위해 아테네 시에서 가장 아름다운 몸매를 가진 몇 명의 여성을 모델로 제공했다고 한다.

벨베데레의 아폴론 상

현존하는 고대의 조각품 중 가장 높이 평가되는 것은 벨베데레라고 불리는 아폴론 상이다. 벨베데레란 교황이 거처하는 곳(벨베데레는 원래 전망대라는 뜻)의 이름을 딴 것으로 조각상은 이곳에 놓여 있었다. 이 상을 만든 예술가가 누구인지는 알려져 있지 않고, 다만 1세기경 로

벨베데레의 아폴론 상

마인의 예술 작품으로 추측될 뿐이다.

　7피트가 넘는 대리석 입상인 이 조각상은 전신이 나체로, 옷은 목에 둘러졌을 뿐이고 그 옷자락이 왼팔까지 걸친 듯 뻗쳐 내려와 있는 모습이다. 그것은 아폴론이 괴물 피톤을 퇴치하기 위해 화살을 쏜 순간을 표현한 것으로 여겨지고 있다. 승리를 거둔 아폴론이 앞으로 발걸음을 내

딛는 듯한 모습이다. 활을 가지고 있었던 듯한 왼팔은 앞으로 내밀고 있고 머리 역시 같은 방향을 향하고 있다. 자세와 균형에서 이보다 더 우아하고 위엄을 갖춘 작품을 찾기란 어려운 일이다. 조각품을 더욱 완성미가 있는 것으로 만드는 것은 조각상의 용모인데, 얼굴에는 젊음이 넘치는 신적인 미가 완전히 구현되어 있을 뿐만 아니라, 적을 쓰러뜨린 자신의 힘을 의식하는 마음이 표현되어 있다.

암사슴과 함께 있는 아르테미스 상

암사슴과 함께 있는 아르테미스 상은 루브르 궁전(현재의 루브르 박물관)에 있는 '벨베데레의 아폴론 상'에 대적할 만한 것으로 자세도 아폴론 상과 비슷하고 상의 크기와 수법도 유사하다. 아폴론 상과 같은 정도는 아니지만, 이 조각상 역시 최고의 작품 중의 하나임은 틀림없다.

취하고 있는 자세는 재빠르고 예리한 움직임을 나타내고 있으며, 얼굴은 추격으로 상기된 수렵가의 표정을 하고 있다. 왼손은 여신의 옆을 달리고 있는 암사슴의 이마로 내밀고 있으며, 오른팔은 화살통에 있는 화살을 꺼내기 위해 어깨 위로 향하고 있다.

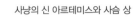

사냥의 신 아르테미스와 사슴 상

전설적인 작가들

그리스의 전설적 작가 호메로스

우리는 『일리아드』와 『오디세이아』라는 두 서사시에서 트로이 전쟁과 그리스군의 귀환에 관한 이야기의 대부분을 알아보았다. 작자인 호메로스도 자신의 시 속에서 칭송하고 있는 영웅들과 마찬가지로 신화적인 인물이다.

전설에 의하면 호메로스는 눈이 먼 늙은 음유시인으로, 이곳저곳으로 방랑하면서 때로는 왕과 귀족들의 궁중에서, 때로는 미천한 농가에서 하프 소리에 맞춰 자신이 지은 시를 읊으며 청중이 주는 희사금으로 생활했다고 한다.

시인 바이런은 이 호메로스를 '암석이 많은 키오스 섬의 눈먼 노인'이라고 불렀다.

또 어떤 유명한 풍자시는 호메로스의 탄생지가 확실치 않은 것에 대해 이렇게 노래하고 있다.

'부유한 일곱 도시들은 호메로스가 우리 고장 사람이라고 서로 다툰

호메로스 상

다. 호메로스는 생전에 그곳에서 빵을 구걸하며 돌아다녔다. 이 일곱 도시는 스미르나, 키오스, 로도스, 콜로폰, 살라미스, 아르고스 그리고 아테네였다.'

현대 학자들은 호메로스의 시라고 전해지는 것이 과연 한 사람의 작품인지를 의심하고 있다. 이러한 의문은 그가 저술한 장시가 그 시대에 씌어졌다고 믿기 어렵다는 데서 기인한다. 현 시점에서 추정되고 있는 작품의 제작연대는 현존하고 있는 어떠한 비명이나 화폐보다도 오래된 시대며, 그때에는 아직 이런 긴 작품을 적어 둘 만한 재료가 알려져 있지 않았을 때였기 때문이다.

한편 이와 같은 장시가 어떻게 하여 오직 기억에 의해서 오랜 세월을 거쳐 전해 내려왔는지도 의문점이다. 이 의문에 대해서는 당시 음유시인이라고 불리는 전문적인 집단이 있어 그들이 시를 암송하고 있었던 것, 그리고 국가적, 애국적인 전설을 암기하여 그것을 이야기하고 그 보수를 받아 생활했다는 것으로 설명되고 있다.

실질적으로 오늘날 학자들 가운데 널리 인정되고 있는 학설은 그 작품의 골격과 대부분의 구성은 호메로스에서 기원한 것이지만, 전해져 내려오는 중에 다른 사람들의 가필과 삽입이 많았다는 것이다.

헤로도토스(B.C.484~425, 그리스의 역사가)의 주장에 따르면, 호메로스가 살아 있었다고 생각되는 시대는 기원전 580년경이다.

시인 베르길리우스

아이네이아스 이야기는 베르길리우스의
서사시 『아이네이스』에서 취한 것인데, 그
는 로마 황제 아우구스투스의 치적을 더욱
유명하게 하여, 그것을 후세 사람들에게 '아
우구스투스 시대'라 부르게 한 위대한 시인
중의 한 사람이었다.

베르길리우스 상

베르길리우스는 기원전 70년에 만투아
(만토바)에서 태어났다. 위대한 이 작품은
호메로스의 작품에 이어서 사시의 최고 걸
작이라고 칭송받는다. 베르길리우스의 독창
력이나 상상력은 호메로스의 그것에는 미치지 못하나, 표현이 정확하고
우아한 점에서는 호메로스보다 우수하다.

시인 오비디우스

오비디우스는 시에서 종종 '나소'라는 성으로 불리고 있는데, 기원전
43년에 태어났다. 국가 관리가 될 교육을 받았고 상당한 지위까지 올라
갔으나 그에게 기쁨이 되는 것은 오직 시였다. 따라서 일찍부터 시에 헌
신할 결심을 했는데, 실제로 그는 당시의 시인들과 교제했고, 호라티우
스(B.C.65~ 8, 로마의 시인)와도 친하게 지냈으며, 또 베르길리우스와

도 만난 일이 있었다. 그러나 베르길리우스는 오비디우스가 아직 젊고 유명해지기 전에 죽었기 때문에 친근한 사이는 되지 못하였다.

오비디우스는 충분한 수입이 있어 로마에서 안락한 생활을 하였다. 그러나 만년에 가서는 역경에 빠져 불행하게 되었다. 그가 처음에 아우구스투스 황제 집안과 친하게 지내다가, 후에 그중 한 사람에게 어떤 대단히 무례한 짓을 했기 때문이었으리라고 추측된다. 쉰 살이 되던 때 로마로부터 추방되어 흑해 연안의 토미스(오늘날 루마니아의 콘스탄차)라는 곳으로 갈 것을 명령받았다. 로마에서의 사치스러운 쾌락과 가장 유명한 동시대인들과의 교제를 즐기던 시인은 이곳에서 야만인들과 혹독한 기후 밑에서 생활해야 했다. 그 때문에 그 생애의 마지막 10년은 비탄과 근심에 싸여서 지냈다.

귀양살이를 하는 가운데 유일한 위안은 아내와 친구들에게 편지를 쓰는 일이었는데, 그의 편지는 모두 시로 되어 있다. 이 시들, 즉 「비탄의 시」와 「흑해로부터의 편지」는 그의 슬픔 외에 다른 소재를 취급하고 있지 않지만, 정묘한 취미와 창의력으로 말미암아 지루하다는 비난을 면하고 있다. 이 편지는 오늘날까지도 독자들을 즐겁게 해주고 있으며 동정심을 불러일으키기도 한다.

오비디우스의 2대 걸작은 「메타모르포세스」와 「파스티」다. 그것은 둘 다 신화를 제재로 한 시로, 필자는 이 「메타모르포세스」 가운데에서 그리스, 로마 신화의 대부분의 이야기를 빌려 이 이야기를 썼다. 최근 어떤 작가는 이 두 시의 특성을 다음과 같이 이야기하고 있다.

"그리스의 풍부한 신화가 지금도 시인, 화가, 조각가에게 그 예술의 소재를 제공하는 바와 같이, 오비디우스에게도 시 창작의 소재를 제공하였다. 그는 고대의 황당무계한 전설을 정묘한 취미와 단순성, 그리고 열정을 가지고 서술하였다. 그리고 전설에다 능히 거장만이 부여할 수 있는 살아 있는 듯한 외관을 부여했다. 자연에 대한 그의 묘사는 충실하고 인상적이었다. 그는 적합한 소재만을 주의 깊게 선택하고 불필요한 것은 버렸다. 따라서 그가 작품을 완성했을 때, 그의 작품에는 어느 것 하나 불필요한 것이 없었다.

「메타모르포세스」는 젊은이들이 즐겨 읽고 있으며, 나이가 든 후에는 더욱 큰 기쁨을 가지고 읽을 수 있는 작품이다. 이 시인은 그가 쓴 시가 자기가 죽은 후에도 오래 남으리라는 것, 로마의 이름이 알려진 곳에서는 어디서나 읽혀지리라는 것을 예언하기를 서슴지 않았다."

Statuia lui P. Ovidius
in Constanţa

오비디우스

전설적인 괴물들

불사조 피닉스

　고대의 미신 중 무서운 괴물인 '고르고, 히드라, 키마이라'의 후계자로 볼 수 있는 한 무리의 가공적 존재가 있는데, 그리스나 로마의 신들과는 전혀 관련이 없었기 때문에 그리스도교가 그리스, 로마의 종교로 대치된 후에도 소멸하지 않고 민중의 신앙 속에 계속 남아 있을 수 있었다. 이러한 괴물은 고전 작가들이 언급한 일도 있었지만, 널리 유포된 것은 훨씬 후대인 것 같다.

　우리가 그들에 관한 기록을 찾아볼 수 있는 것은, 고대 시인들의 작품에서보다 오히려 고대의 박물지나 여행자들의 기행문에서다.

　오비디우스는 피닉스에 관해서 다음과 같이 이야기하고 있다.

　"대개의 생물은 다른 개체로부터 발생한다. 그러나 자체 생식을 하는 생물이 하나 있다. 그것은 아시리아 사람들이 피닉스라고 부르는 새다. 피닉스는 과실이나 꽃을 먹고 사는 것이 아니라 유향이나 다른 향기로운 나무즙을 먹고 산다. 100년 동안 살고 참나무 가지나 종려나무 꼭대기에

Friedrich Johann Justin Bertuch_피닉스

둥지를 만든다. 그리고 이 둥지 속에다 계피, 감송, 몰약 등을 물어다 쌓아놓고, 그 위에 누워서 온갖 향기에 파묻혀 마지막 숨을 거둔다.

이렇게 해서 죽은 모체로부터 어린 피닉스가 나와 역시 어미새와 마찬가지로 100년이란 오랜 세월을 살아갈 운명을 가진다. 이 새끼새가 자라서 충분한 힘을 얻게 되면 그 새는 자기의 요람이자 어미의 무덤인 나무에서 그 보금자리를 뜯어내어, 이집트의 헬리오폴리스 시(태양의 도시)로 옮겨서 태양신의 신전에 갖다놓는다.”

다음은 철학적 역사가의 설명을 들어 보자. 로마의 역사가 타키투스(55?~117?)는 이렇게 말하고 있다.

“파울루스 파비우스가 집정하던 때 피닉스라는 이름으로 불리던 기묘한 새가 오랫동안 보이지 않다가 이집트로 다시 찾아왔다. 그것이 날아

올 때 한 떼의 각종 새들이 따라왔는데, 모두 다 그 신기함에 매혹되어 그 아름다운 광경을 감탄하면서 바라보았다."

타키투스는 전반적으로 오비디우스의 묘사와 별 차이는 없고 단지 상세한 몇 가지 점을 덧붙여 그 새에 대해 설명하고 있다.

"이 어린 새가 깃털이 나오고 날개를 의지할 수 있게 되면, 우선 첫째로 해야 할 일은 아비의 장례의식을 치르는 일이다. 이 의무를 소홀히 하지 않는다. 상당한 양의 몰약을 수집하고, 자기의 힘을 시험하기 위하여 등에 짐을 지고서 종종 원거리 비행을 한다. 자기의 힘에 완전한 자신을 갖게 되면, 아비의 시체를 지고 태양신의 제단으로 날아가 시체를 그곳에 내려놓고 향기로운 화염 속에 태워버린다."

또 다른 저술가들은 다시금 여기에다가 다른 점을 약간 덧붙이고 있다.

"가져온 몰약을 달걀 모양으로 뭉쳐 그 속에 죽은 피닉스의 시체를 넣는다. 그러면 죽은 새의 썩은 육체로부터 한 마리의 벌레가 발생하는데, 이 벌레가 크게 성장하면 새로 변한다는 것이다."

헤로도토스도 이 새에 관해 다음과 같이 묘사하고 있다.

"나 자신이 그것을 직접 본 일은 없고, 오직 그림에서 보았을 뿐이다. 그 깃털의 일부분은 금빛이고, 일부분은 진홍색이었다. 그리고 그 모양과 크기가 수리와 비슷하였다."

이 피닉스의 존재를 최초로 부인한 저자는 토머스 브라운(1605~1682)이었다. 영국의 의사이자 작가로, 1640년에 출판한 『미신론』이란 저서에서 이에 관해 언급하고 있다. 몇 년이 지난 후 이에 대하여 알렉산더 로스(1571~1654, 영국의 신학자)가 다음과 같이 답변했다.

"피닉스는 모든 창조물 중에서 폭군인 인간은 피하는 것이 좋다는 것을 그의 본능으로 알고 있다. 만약 잡히기만 하면 그 부유한 탐식가는 이 세상에 더없이 맛있는 것이 있을지라도 반드시 이 새를 잡아먹을 것이기 때문이다."

괴물 뱀 바실리스쿠스

괴물 뱀 바실리스쿠스는 뱀의 왕이라고 일컬어졌다. 왕인 증거로서 머리에 벼슬이 있어 왕관 모양을 하고 있었다고 전해진다. 그것은 수탉의 알이 두꺼비 혹은 뱀에 의해서 부화되어 만들어진 것으로 생각되었다.

이 동물은 여러 종류가 있는 것으로 묘사되었다. 그중 어떤 종류는 가까이 있는 모든 것을 불태워버린다. 또 어떤 종류는 메두사의 머리처럼 그 모습을 본 사람들은 갑자기 공포에 사로잡혀 바로 죽어버리는 것이다.

세익스피어의 「리처드 3세」 가운데에서 앤(헨리 6세의 황태자 에드워드의 아내)은 자기의 눈을 칭찬하는 리처드의 아첨에 대해 다음과 같이 말하고 있다.

"이 눈이 바실리스쿠스의 눈이라면 당신을 당장 죽여버릴 텐데."

이러한 바실리스쿠스가 뱀의 왕이라는 호칭을 듣게 된 데에는 이유가 있었다. 다른 뱀들이 타죽거나 치명적인 타격을 받지 않으려고, '슈웃 슈웃' 하며 오는 소리가 멀리서 들려오기만 하면 아무리 맛있는 노획물을 먹다가도 충실한 신하처럼 그것을 왕에게 양보하고 달아났기 때문이었다.

로마의 동물학자 플리니우스(61?~113?, 군인 · 정치가)는 바실리스쿠스에 대해서 다음과 같이 서술하고 있다.

"바실리스쿠스는 다른 뱀들과 같이 몸을 꿈틀거리면서 기어다니지 않고, 항상 의젓하게 똑바로 서서 나아간다. 판목과 같은 것들은 단지 접촉만 해도 사그라질 뿐만 아니라, 숨을 내쉬는 것으로도 살아 있는 것들을 죽일 수 있고 바위까지도 쪼갤 수 있었다. 이와 같이 흉악한 힘이 내재되어 있다."

옛날에는 말 탄 사람이 창으로 이 바실리스쿠스를 죽이면, 그 체내의 독기가 창에 전달되어 말 탄 사람을 죽일 뿐만 아니라, 말까지도 죽인다고 믿었다.

이와 같은 괴물이 성자들의 전설 가운데 나오지 않을 리 없으니 다음과 같은 기록을 찾아볼 수 있다. 어떤 성자가 사막에서 샘물이 있는 곳을 향하여 걸어가고 있을 때 갑자기 바실리스쿠스가 나타났다. 그는 곧 하늘을 바라보며 신에게 경건한 기도를 올려 그 괴물을 자기 발밑에 쓰러뜨렸다고 한다.

바실리스쿠스가 이러한 무서운 힘을 가지고 있다는 사실은 갈레노스(그리스의 의학자), 아비켄나(980~1037, 아랍의 철학자 · 의학자), 스칼리제르(1484~1558, 이탈리아의 고전학자 · 철학자)나 그밖의 학자들에 의해서 입증되고 있다.

때로는 이 괴물에 관한 이야기의 일부는 인정하지만 일부는 믿지 않으려는 사람도 있다. 박학한 의사 존스톤은 현명하게도 이렇게 말하고 있다.

"나는 바실리스쿠스를 바라보기만 해도 죽는다는 말을 믿을 수 없다. 그것을 보고도 죽지 않고 살아서 그 이야기를 전한 사람은 대체 누구인가?"

그러나 이 존경할 만큼 현명한 사람도, 바실리스쿠스를 잡으러 갔던 사람들이 거울을 가지고 갔다는 사실은 미처 몰랐을 것이다. 거울은 바실리스쿠스의 몸에서 나오는 무섭고 치명적인 안광을 그 자신에게 반사시켜 자신의 광선에 자신이 죽게 하는 무기로 사용되었던 것이다.

이 무섭고 접근할 수조차 없는 괴물에게도 그를 공격하는 자가 있었으니—고어에 '모든 것은 그 천적을 가진다'라고 한 말이 있다—즉, 바실리스쿠스도 족제비 앞에서는 겁을 내고 떨었다. 바실리스쿠스가 아무리 무서운 눈으로 노려보아도 족제비는 조금도 개의치 않고 대담하게 달려들어 싸운다. 그리고 물리면 족제비는 운향이라는 약초를—이것은 바실리스쿠스가 말려죽일 수 없는 유일한 식물이었다—먹기 위하여 잠시 물러난다. 원기를 회복한 후, 다시 공격을 개시하여 적이 들판에 죽어 넘어질 때까지 공격을 멈추지 않는다.

이 괴물은 또 자기가 비정상적인 방법으로 태어난 것을 알았는지 수탉에게 대단한 반감을 가지고 있었다. 이 괴물은 수탉이 우는 소리를 들으면 곧 죽어버렸기 때문이다. 바실리스쿠스는 사후에 그 시체가 사용되기도 했다. 바실리스쿠스의 시체는 옛날에 아폴론 신전이나 여염집에서 거미를 쫓기 위해 걸어두었다고 한다. 또한 아르테미스 신전에도 걸어 두었는데, 그 덕분에 제비도 이 신성한 장소로 들어가는 일이 없었다고 한다.

유니콘

로마의 동물학자 플리니우스가 유니콘(모노케로)에 관해 기술한 내용은 근세의 거의 모든 유니콘을 묘사하는 근원이 되었다.

Annibale Carracci_소녀와 유니콘

"유니콘은 대단히 사나운 짐승으로서 몸뚱이는 말과 비슷하고, 머리는 사슴, 발은 코끼리, 꼬리는 산돼지, 소리는 황소 같은 울음소리로 한 개의 검은 뿔을 가지고 있는데, 이 뿔은 길이가 2큐빗으로 이마 한가운데 나 있다."

그는 또 "그것은 사로잡을 수 없다"라고 덧붙이고 있다. 아마도 이 동물을 산 채로 원형극장의 투기장에 등장시키지 못한 데 대한 변명으로, 그 당시에 이와 같은 이유가 필요했을 것이다.

수렵가들은 이 유니콘을 잡는 방법을 몰라 골치를 앓고 있었던 모양이다. 어떤 사람은 유니콘의 뿔은 마음대로 움직일 수 있으며, 그것은 작은 칼의 역할을 한다는 기록을 남겨놓았다. 그렇기 때문에 검술에 노련한 사냥꾼이 아니면 이길 수 없다는 것이다.

다른 사람들 말에 의하면, 유니콘은 모든 힘이 그 뿔 속에 있어서 추격을 받다가 더 이상 도망칠 도리가 없게 되면 높은 바위 위에서 뿔을 밑으로 향한 채 밑으로 떨어진다고 한다. 그러나 그 뿔 덕분에 아무런 상처도 입지 않고 태연히 달아난다고 전해진다.

하지만 마침내 수렵가들도 유니콘을 잡는 방법을 알아내게 되었다. 그들은 이 동물이 순결하고 순수한 것을 몹시 사랑한다는 사실을 발견하고 한 젊은 처녀를 사냥에 데리고 나가, 순결의 탐미자인 유니콘이 지나가는 길목에 앉힌다. 유니콘은 그녀 옆에 구부리고 앉아 무릎 위에 머리를 얹고 잠이 든다. 그러면 처녀는 신호를 보내고 수렵가들은 달려와서 이 단순한 짐승을 사로잡는다.

근대의 동물학자들은 전설에 싫증이 난 듯 일반적으로 유니콘의 존재를 부인한다. 그러나 오늘날에도 머리에 뿔과 같은 골질이 솟아난 동물들이 있다면 이야기는 당연히 남아 있을 것이다. 코뿔소의 뿔이라고 일컫는 것은 비록 몇 인치에 불과하고 기록으로 전해오는 유니콘의 뿔과 일치하지는 않지만 그와 비슷한 융기인 것은 사실이다. 이마 한가운데 있는 뿔과 가장 비슷한 것은 기린의 이마에 있는 골질의 융기이다. 그러나 역시 길이가 짧고 끝이 무딜 뿐만 아니라, 다른 두 개의 뿔 앞에 있는 세 번째 뿔이어야 한다. 요컨대 코뿔소 외의 다른 유니콘의 존재를 부정하는 것은 타당한 일이며, 말이나 사슴과 같은 동물의 이마에 길고 견고한 뿔을 심어놓는 일은 거의 불가능한 일이라고 해도 무방할 것이다.

불도마뱀 살라만드라

16세기 이탈리아의 조각가 벤베누토 첼리니(1500~1571) 자신이 쓴 「벤베누토 첼리니의 생애」에서 인용한 것이다.

"내가 다섯 살쯤 되었을 때의 일이다. 사람들이 세탁을 하고 있는 조그만 방에 아버지께서 우연히 들어오셨다. 그 방에는 참나무 장작불이 기분 좋게 타고 있었다. 아버지는 그 불꽃을 바라보시다가 도마뱀 비슷한 형상의 조그만 동물을 발견하셨다. 이 동물은 시뻘겋게 타오르는 불 속에서도 살아 있었다. 아버지는 그것이 무엇인지를 알아차리고 누이동생과 나를 불렀다. 그리고 우리에게 그 동물을 보여준 다음, 갑자기 아버지는 나의 따귀를 때렸다. 나는 울기 시작하였다. 아버지는 나를 껴안고 달래면서 다음과 같이 말씀하셨다.

'내가 너를 때린 것은 잘못한 일이 있어서가 아니라, 저 불 속에 있는 조그만 동물이 살라만드라라는 것을 상기시키기 위해서다. 이 동물은 내가 아는 한 이제까지 사람의 눈에 띈 일이 없었다.'

이렇게 말하면서 아버지는 나를 포옹하고 돈을 주셨다."

이 이야기는 첼리니 경이 직접 목격한 사실이므로 이를 의심하는 것은 적절하지 않을 것 같다.

그 밖에 많은 권위 있는 철학자들이—그 필두는 아리스토텔레스와 플리니우스다— 살라만드라의 이 위력을 지지하고 있다. 그들에 의하면 이 동물은 불에 견딜 수 있을 뿐만 아니라 불을 끌 수도 있다. 그리고 불꽃을 보면 마치 정복하는 방법을 잘 알고 있는 천적처럼 그 불꽃을 향해서 돌격한다고 한다.

불의 작용에 견딜 수 있는 동물의 가죽을 방화용으로 사용할 수 있다고 생각한 것은 지극히 자연스러운 일이다. 따라서 살라만드라(그런 동물이 사실 존재하고 있으면, 그것은 일종의 도마뱀이다)의 가죽으로 만든 직물은 불에 타지 않을 것이며, 다른 것으로 싸서는 안심할 수 없는 귀중한 물건을 싸는 데 아주 적합할 것이다. 이러한 방화용 직물은 실제로 생산되었고 이는 살라만드라의 가죽으로 만든다는 말이 전해졌으나, 전문가들은 그 재료가 석면임을 간파했다. 석면은 고운 실 모양으로 되어 있어서 부드러운 직물의 재료가 될 수 있는 광물이다.

이러한 이야기는 살라만드라가 그의 신체의 숨구멍으로부터 우유와 같은 액체를 분비하는 사실에서 유래한 것으로 생각된다. 살라만드라는 흥분하면 이 액을 다량으로 분비하여 잠깐 동안은 자기의 몸을 불로부

불 속의 살라만드라

터 방어했으리라 생각된다. 살라만드라는 동면하는 동물로 겨울이 되면 속이 빈 나무나 혹은 움푹 팬 곳에 들어가 몸을 둥글게 말고서 봄이 와서 다시 잠을 깰 때까지 그 상태를 지속한다. 따라서 그것은 때로는 장작과 더불어 운반되어 불 속으로 들어가는 일도 있는데, 그가 잠을 깨기까지 방어능력을 발휘할 수 있다. 그 진득진득한 액이 효력을 발휘하는 것이다.

그리고 실제로 그것을 목격했다는 사람들 말에 의하면 살라만드라는 힘이 닿는 한 전속력으로 불속에서 탈출한다고 한다. 사실, 그것이 너무도 재빠르므로 유일한 기회를 빼놓곤 붙잡을 수 없다. 그 기회란 살라만드라가 발이나 신체의 다른 부분에 큰 화상을 입었을 때다.

영 박사는 『밤의 명상』 가운데서 「아홉 번째 밤」에 점잖다기보다는 우아한 필치로, 별이 빛나는 밤하늘을 바라보면서도 조금도 감동하지 않고 명상에 잠길 수 있는 회의론자를 살라만드라에 비유하고 있다.

부록

신화와 별자리

GREEK MYTHOLOGY
&
CONSTELLATION

북쪽왕관자리
Corona Borealis

북쪽왕관자리는 디오니소스가 크레타섬 미노스
왕의 딸, 아리아드네에게 바친 왕관이 그 유래이
다. 7, 8개의 별들이 원형의 호를 그리며 배열되
어 있어서 별자리를 이루는 별들이 그리 밝지 않
은데도 눈에 잘 띄는 별자리이다. 북쪽왕관자리
의 알파별인 겜마는 2.2등급이며 약간의 변광이
있다.

비둘기자리
Columba

비둘기자리는 1679년에 로여(Royer)에 의해 소
개되면서 큰 개자리로부터 분리된 별자리이다.
이 별자리는 성경에 등장하는 '노아의 비둘기'를
의미하는 것으로, 대홍수 이후 처음으로 땅을 발
견한 새라 전해진다. 별다른 특징이 없는 작은
별자리로, 우리나라에서는 오리온자리의 아래에
위치한 것을 겨울에 찾을 수 있다.

사냥개자리
Canes Venatici

북두칠성이 높이 떴을 때 국자의 손잡이 부분 남쪽으로 3등급과 4등급의 두 별을 찾을 수 있는데, 이 두 별은 목동이 몰고 다니는 두 마리의 사냥개이다. 북쪽 별은 아스테리온(Asterion)이라고 하고, 남쪽의 별은 카라(Chara)라고 한다. 사냥개자리는 폴란드의 천문학자 헤벨리우스가 17세기에 도입하였다. 눈에 띄는 별이 2개뿐인 희미한 별자리지만 구상성단이나 외부 은하 등 망원경으로 관측할 수 있는 좋은 대상들이 많이 모여있다.

사자자리
Leo

성격이 포악한 네메아 계곡의 사자는 주민들을
괴롭혔는데, 마침내 헤라클레스에게 죽게 된다.
이 괴물 사자는 별똥별이 변한 황금사자로, 헤라
클레스의 12 모험 중 첫 번째 기념물로서 별자리
가 되었다. 황도 위에 알파별 레굴루스가 있으며,
게자리와 처녀자리 사이에 위치해 있다. 사자의
앞다리와 머리는 마치 서양의 낫과 비슷한 모양
을 하고 있다.

삼각형자리
Triangulum

삼각형자리의 예전 이름은 시칠리아이다. 시칠리
아의 보호신인 세레스가 주피터에게 시칠리아섬
이 하늘에 있어야 한다고 청하면서 생긴 별자리
이기 때문이다. 그리스 문자의 네 번째에 해당하
는 델타의 모양을 하고 있어서 그리스 시대에는
델타자리로 불렸던 별자리이다. 별자리에서 비교
적 밝은 3~4등급의 별들이 이등변삼각형을 이
루고 있으며, 세 개의 별 중 이등변삼각형의 정
점에 있는 별이 바로 알파별이다.

쌍둥이자리
Gemini

쌍둥이 형제인 카스트로와 폴룩스, 폴룩스는 신
이 되어 죽지 않게 되었으나 카스토르는 인간으
로 남겨져 죽게 될 운명이었다. 폴룩스는 신에게
요청하여 불사의 능력을 형에게 나누어주었으며,
쌍둥이는 하루 중 반은 신으로서 하늘에서, 나머
지 반은 인간으로서 땅에서 살게 되었다. 이들
쌍둥이의 진한 우애에 감동한 제우스가 이들을
기념해서 만든 별자리가 쌍둥이자리이다. 오리온
자리의 북동쪽에 붙어 있는 별자리로 그 모양이
독특하고 별들이 밝아서 쉽게 찾을 수 있다.

안드로메다자리
Andromeda

안드로메다는 케페우스와 카시오페이아의 딸이었다. 안드로메다는 카시오페이아의 허영심 때문에 바다뱀의 제물이 되어야 했다. 괴물이 안드로메다에게 다가가는 것을 마침 메두사를 퇴치하고 돌아가던 페르세우스가 보게 되었다. 그는 케페우스의 왕궁으로 가서, 안드로메다를 아내로 삼게 해준다면 괴물을 퇴치하겠다고 했다. 케페우스의 승낙을 받은 페르세우스는 그 괴물을 죽이고 안드로메다를 구하고 처로 삼았다.

안드로메다자리는 페가수스자리 큰 사각형의 북동쪽에 위치해 있으나, 한 번에 찾기는 어렵다.

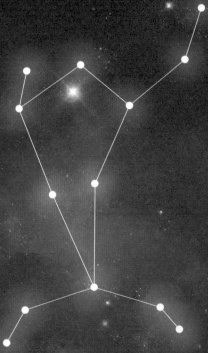

양치기자리
Boötes

봄철의 밤하늘에서 가장 밝은 별이 바로 이 별자리의 알파별, 아르크투루스이다. 북두칠성의 손잡이 곡선을 남쪽으로 이으면 바로 오렌지색의 알파별과 만난다. 이 별의 북쪽으로는 오각형의 별들이 목동의 몸을 만들고 있다. 그러나 이 별들로 사람의 모습을 상상하기는 무척 어렵다. 이 별자리의 이름은 그보다 훨씬 전에 아라비아의 양치기들에 의해서 만들어졌다. 우리나라에서는 흔히 목동자리나 목자자리로 번역하여 왔다.

에리다누스자리
Eridanus

에리다누스는 태양신 아폴론의 아들 파에톤이
마차와 함께 빠져 죽은 지하세계로 연결되는 강
이다. 파에톤은 자신이 태양신 아폴론의 아들임
을 증명하기 위해 아폴론의 마차를 빌려 타지만
말을 다룰 수 있는 힘이 없어 세상을 온통 불바
다로 만들고 말았다. 제우스는 결국 번개로 파에
톤을 죽일 수밖에 없었고, 그는 에리다누스 강으
로 떨어져 죽었다. 오리온자리의 서쪽에 있는 커
다란 별자리로, 마치 강처럼 별들이 길게 이어져
있다.

오리온자리
Orion

사냥꾼, 오리온은 달의 여신 아르테미스를 사랑
하였다. 하지만 오빠 아폴론의 계략으로, 아르테
미스의 화살에 맞아 죽음을 당한다. 천구의 적도
에 있는 나비 모양의 별자리로 북두칠성, 카시오
페이아와 더불어 우리에게 가장 잘 알려진 별자
리이다.

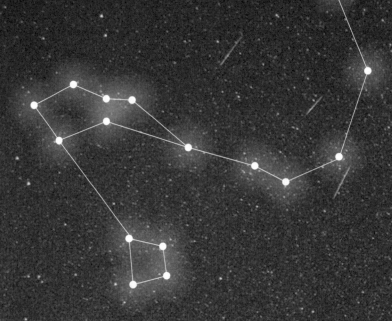

용자리
Draco

100개의 눈을 가진 라돈이라는 용이 헤스페리데
스의 낙원에서 여자들과 함께 황금 사과를 지키
고 있었다. 하지만 헤라클레스가 헤스페리데스
를 속여 황금 사과를 빼앗고 만다. 헤라클레스의
12 모험 중 11번째 기념물로서 라돈은 하늘의 별
자리가 되었다. 작은 곰자리 둘레로 별들을 이어
가면 찾을 수 있다. 마치 북극성을 둘러싸고 있
는 형상을 하고 있다. 직녀가 보일 때는 그 북쪽
에서 마름모꼴로 된 용의 머리를 찾는 것이 더
빠르다. 주역할 것은 용의 꼬리가 북두칠성의 국
자 바로 앞까지 이어져 있다는 점이다.

육분의자리
Sextans

육분의는 별의 위치를 재는 기구로, 이 별자리는 1690년 폴란드의 천문학자 헤벨리우스가 만든 별자리이다. 헤벨리우스는 화재로 20년간 사용해 왔던 육분의를 잃고 나서 자신의 부주의를 반성하는 뜻으로 이 별자리를 만들었다고 한다. 사자자리 아래에 있고, 작고 희미하며 특별한 모양이 없다. 사자자리의 으뜸별 레굴루스와 바다뱀자리의 으뜸별 아파르드를 연결하고 그 동쪽에서 4등성과 5등성으로 된 작은 삼각형 모양의 별자리가 육분의자리이다.

작은 개자리
Canis Minor

이 별자리는 오리온이 데리고 다니는 두 마리의
사냥개 중 작은 개에 해당하는 별자리이다. 쌍둥
이자리 남쪽에 있는 작은 별자리로 두 개의 별로
이루어져 있다. 이 별자리의 알파별은 1등성이
어서 쉽게 찾을 수 있다. 이 별자리의 알파별 프
로키온은 오리온자리의 베텔기우스, 큰·개자리
의 시리우스와 커다란 정삼각형을 이루고 있어
서 매우 잘 알려져 있다. 이것을 '겨울철의 대삼
각형'이라 부르는데 오리온자리의 동쪽에서 찾을
수 있으며 다른 별을 찾는 길잡이가 된다.

작은 곰자리
Ursa Minor

제우스 신과 칼리스토의 아들 아르카스가 곰으
로 변한 모습이다. 제우스신은 아르카스가 흰 곰
으로 변한 칼리스토를 몰라보고 활시위를 당기
는 찰나 그를 곰으로 만들어 칼리스토와 함께 하
늘의 별자리가 되게 하였다.

작은 여우자리
Vulpecula

17세기 후반 폴란드의 천문학자 헤벨리우스가 만든 별자리로 원래 이름은 '거위를 문 작은 여우'나 '여우와 거위'였다. 당시에는 분리된 별자리라 생각지 않았는데 결국 19세기에 와서 거위자리는 알파별만 남게 되었고 작은 여우자리만 별자리를 유지하고 있다. 독수리자리의 으뜸별 견우와 고니자리의 알비레오 사이에 화살자리가 있는데 그 바로 윗부분이 작은 여우자리이다.

전갈자리
Scorpius

오리온은 무척 오만하여 세상의 모든 동물을 죽
일 수 있다고 떠들고 다녔다. 이것으로 올림포스
의 신들은 오리온을 처단하려고 했으며, 헤라 여
신이 전갈을 풀어 건방진 오리온을 죽이게 했다.
이 전갈은 오리온을 죽인 공로를 인정받아 하늘
의 별자리가 되었다.

조각가자리
Sculptor

1752년 프랑스의 천문학자 라카유에 의해 도입
된 별자리이다. 처음에 라카유는 조각가의 작업
장을 따라 조각실자리라 불렀으나 19세기 이후
줄여서 조각가자리로 불리게 되었다. 우리나라에
서는 남쪽 지평선 바로 위에서 볼 수 있으나 3등
급보다 밝은 별이 없어서 실제로는 찾기 어렵다.

조랑말자리
Equuleus

조랑말자리의 조랑말은 전령의 신 헤르메스가
쌍둥이자리의 카스토르에게 준 켈레리스라는 말
이거나 헤라 여신이 폴룩스에게 준 키라루스라
는 명마라는 설도 있다. 또 다른 이야기로는 바
다의 신 포세이돈이 아테나 여신과 싸웠을 때 삼
지창으로 바위를 때려 튀어나오게 한 말이라고
한다. 조랑말자리는 두번째로 작은 별자리이며,
우리나라에서 볼 수 있는 별자리 중에서는 가장
작은 별자리로, 4등급보다 밝은 별이 없어 관찰
이 쉽지 않다.

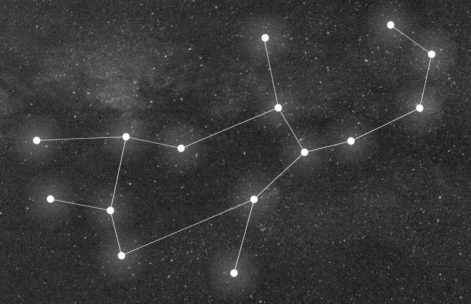

처녀자리
Virgo

처녀자리는 땅의 여신인 데메테르의 딸 페르세포네가 왼손에 보리 이삭을 들고 있는 모습을 형상화하고 있다. 페르세포네는 저승의 지배자인 하데스에게 납치되어 저승의 여왕이 되고 말았다. 하지만 그녀의 어머니인 데메테르가 간청하여 일 년의 반은 지하세계에서, 나머지 반은 지상에서 살 수 있게 되었다. 처녀자리의 가장 밝은 별 스피카는 북두칠성의 국자에서 목동자리의 아크투르스에 이르는 곡선을 연장해보면 쉽게 찾을 수 있다.

천칭자리
Libra

이 천칭은 인간의 선과 악을 재어 그 사람의 운명을 결정하는 데 쓰였던 것이다. 정의와 공평을 위해 봉사한 아스트라에아의 공적을 기리기 위해 하늘에 올려졌다고 한다. 황도 12궁 중 하나이고 전갈자리의 집게발이었는데, 천칭자리가 되면서 유일하게 생명체가 아닌 별자리가 되었다. 처녀자리와 전갈자리 사이에 있는 작은 별자리이지만 비교적 밝은 별들이 사각형을 이룬다. 이 별자리는 북두칠성의 맨 끝 별을 아크투루스에 이어 1.5배 늘인 곳에서 찾을 수 있다.

카시오페이아자리
Cassiopeia

카시오페이아는 에티오피아의 왕비이자 안드로메다 공주의 어머니였다. 카시오페이아는 안드로메다의 아름다움을 바다의 요정과 비교하면서 자랑하였는데, 이것이 바다의 신 포세이돈을 화나게 하였다. 포세이돈은 에티오피아에 재앙을 가져왔고, 이를 막기 위해 안드로메다를 괴물고래에 바치는 제물로 안드로메다를 해안에 묶어 두었다. 안드로메다는 용사 페르세우스가 구해주어서 살 수 있었다. 카시오페어아는 별자리가 되었는데, 포세이돈의 거부로 항상 하늘 위에만 있어야 했고 바다로 내려가지 못했다. 카시오페이아는 W 모양의 별자리로, 대부분의 밤하늘에 항상 떠 있고 밝은 별이 있어 쉽게 찾을 수 있다.

컵자리
Crater

아폴론이 까마귀에게 물 심부름을 시켰는데, 까마귀가 늦게 물을 떠오자 화가 난 아폴론이 까마귀와 함께 하늘로 던져 버려 별자리가 되었다는 신화가 전해진다. 처녀자리 남쪽으로 바다뱀자리의 한가운데에 위치해 있다. 4등급 이상의 별이 없어 희미하지만, 컵 모양으로 뚜렷해서 찾는 데 큰 어려움은 없다.

켄타우루스자리
Centaurus

켄타우루스는 그리스 신화에 등장하는 반은 사람 반은 말인 괴물을 의미하며, 케이론이 가장 유명한데, 그는 제우스의 명을 받아 별자리를 훌륭하게 재배치하였고 그 공으로 하늘에 올려져 별자리가 되었다. 하늘에 펼쳐져 있는 큰 별자리들 중 하나로 켄타우루스자리의 바로 아래에는 남십자자리가 있다. 주변에 멋진 성운성단이 많은 것으로도 유명하다.

큰 곰자리
Ursa Major

제우스 신의 사랑을 받았던 아르카디아의 공주 칼
리스토가 헤라 여신의 저주를 받아 흰 곰으로 변한
모습이다. 제우스는 숲 속에서 단잠을 자던 칼리스
토의 모습에 반해 그녀와 사랑을 나누었고, 그 결
과 아르카스란 아들이 태어났다. 그런데 제우스의
아내 헤라가 이를 질투하여 칼리스토를 곰으로 변
하게 하였다. 고아가 된 아르카스를 한 농부가 훌
륭한 사냥꾼으로 키웠다. 그러다 어느 날 아르카스
가 사냥터에서 흰 곰이 된 칼리스토에게 활을 쏘려
고 하였다. 그 순간 이들을 지켜보던 제우스가 둘
을 집어 올려 하늘의 별자리로 만들었다.

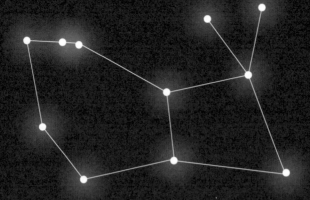

토끼자리
Lepus

옛날 이탈리아 남쪽에 있는 섬 시칠리아 농부들이 토끼 떼를 물리치기 위해 이 별자리를 만들었다는 이야기가 전해진다. 사냥꾼 오리온이 다른 어떤 것보다 토끼 사냥을 가장 좋아해서 별자리로 올리면 토끼들을 잡아줄 것이라 생각했던 것이다. 토끼자리는 토끼처럼 크지 않은 별자리이다. 하지만 비교적 별이 밝고, 고르게 분포되어 있다.

팔분의자리
Octans

이 별자리는 프랑스 성직자 라카유가 1752년에 만들었다. 1730년 천체의 고도를 측정하여 방향을 확인하는 장비인 팔분의를 발명한 존 하드리에 대한 감사의 뜻으로 만들었다는 이야기도 전해진다. 이 별자리는 가장 밝은 별이 4등급인 어두운 별자리인 데다가 남반구의 중심에 치우쳐 있어 우리나라에서는 관찰이 불가능하다.

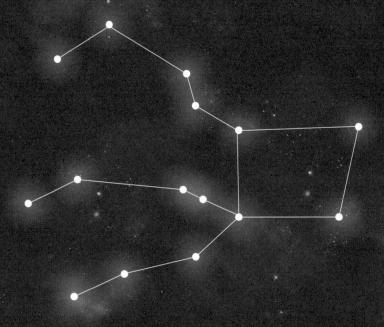

페가수스자리
Pegasus

바다의 신 포세이돈은 메두사를 사랑했었다. 하지만 그녀는 괴물로 변하여 페르세우스에게 죽음을 당하였고, 이를 슬퍼하여 그녀의 머리에서 떨어진 피와 바다의 물거품으로 별자리를 만들었다. 페가수스는 벨레로폰을 도와 괴물 키마이라를 물리쳤다. 하지만 벨레로폰이 교만에 빠져 자신을 신이라 하며 갖은 만행을 저지르게 되고 페가수스를 타고 신의 세계까지 올라가려고 한다. 이때 제우스가 페가수스를 놀라게 하여 벨레로폰을 떨어뜨렸고, 놀란 페가수스는 은하수 속으로 뛰어들며 별자리가 되었다. 벨레로폰도 별자리가 되었고, 그 중심 부분에 페가수스 사각형이 위치하고 있다.

헤라클레스자리
Hercules

그리스 신화에서 가장 강하고 용감한 투사인 헤
라클레스의 별자리로, 헤라클레스가 물뱀 히드라
를 물리치는 모습을 하고 있다. 헤라클레스는 제
우스 신의 아들로 태어났으나 헤라 여신의 미움
을 받아 온갖 고통을 겪는다. 12가지 과업을 마친
그는 데이아네이라라는 여인과 결혼을 하지만
그를 믿지 못한 아내의 실수로 최후를 맞게 된
다. 헤라클레스가 죽은 후 제우스 신은 그의 몸
을 하늘에 올려 별자리로 만들고 영혼은 올림포
스 산에서 신들과 살게 했다.

화살자리
Sagitta

전쟁의 신 아레스와 아프로디테의 아들, 사랑의 신 에로스가 쏘아올린 화살이라는 이야기가 전해진다. 누구를 향한 화살인지는 명확치 않지만 안드로메다와 페르세우스를 연결하는 궤적을 그리는 것으로 또 다른 이야기를 추정만 할 뿐이다. 화살자리는 온 하늘에서 세 번째로 작은 별자리이지만 모양이 뚜렷해서 찾기는 별로 어렵지 않다. 여름철 대표적인 별자리인 백조자리와 독수리자리 사이에서 찾을 수 있다.

활잡이자리
Sagittarius

켄타우로스인 케이론이 아르고호를 타고 황금
양피를 찾아 떠난 제자들이 길을 잘 찾을 수 있
도록 하기 위해 자신의 모습을 별자리로 만들었
다고 전해진다. 우리나라에서는 이 별자리를 궁
수자리나 사수자리라고도 부른다. 전갈자리의 동
쪽과 독수리자리의 남쪽에 주전자 모양을 하고
위치해 있다. 밝은 별들로 이루어져 있어서 여름
의 남쪽 하늘에서 쉽게 찾을 수 있는 별자리이
다.

황소자리
Taurus

페니키아의 해변에 에우로파라는 아름다운 공주
가 살고 있었다. 어느 봄날 제우스는 아름다운 에
우로파 공주를 해변에서 보게 되고 사랑에 빠졌
다. 제우스는 하얗고 큰 황소로 변신해 에우로파
를 유혹하고 그녀를 아내로 맞이하게 된다. 바람
둥이 제우스는 세 아들을 낳은 그녀를 결국 버리
고 말지만, 이 이야기는 별자리에 그대로 남아 있
게 되었다. 이 별자리는 승리를 의미하는 V자를
하고 있어서 시험이나 취업을 준비하는 이들에게
행운을 가져다주는 별자리로도 잘 알려졌다.